U1075518

全球最经典的一百本少儿书

秘密花园

一本教你如何热爱自然、爱护他人心灵魔法书

The Secret Garden

Hodgson Burnett

[美] 霍奇森·伯内特◎著　孙小红◎译

江苏文艺出版社
JIANGSU LITERATURE AND ART
PUBLISHING HOUSE

图书在版编目（CIP）数据

秘密花园 /（美）伯内特 (Burnett.F.H.) 著；孙小红译 . -- 南京：江苏文艺出版社，2014.1 (2024.10 重印)

ISBN 978-7-5399-6474-4

Ⅰ . ①秘… Ⅱ . ①伯… ②孙… Ⅲ . ①儿童文学—长篇小说—美国—现代 Ⅳ . ① I712.84

中国版本图书馆 CIP 数据核字 (2013) 第 180780 号

书　　名	秘密花园
著　　者	（美）伯内特
译　　者	孙小红
责任编辑	孙金荣
出版发行	凤凰出版传媒股份有限公司 江苏文艺出版社
出版社地址	南京市中央路 165 号，邮编：210009
出版社网址	http://www.jswenyi.com
经　　销	凤凰出版传媒股份有限公司
印　　刷	艺通印刷（天津）有限公司
开　　本	652 毫米 ×960 毫米　1/16
印　　张	12.25
字　　数	160 千字
版　　次	2014 年 1 月第 1 版
印　　次	2024 年 10 月第 3 次印刷
标准书号	978-7-5399-6474-4
定　　价	49.80 元

目　　录

第一章

一个人也没有了

玛丽·伦诺克斯被送到米瑟斯韦特庄园的姑父家里时，人们都说这是他们见过的最难看的小孩。她瘦瘦小小的脸蛋，单薄的身子，稀疏的头发和阴郁的表情，大家这么说也没错。她在印度出生，三天两头生病，头发焦黄焦黄的，脸色也蜡黄蜡黄的。她的爸爸以前在英国政府工作，一年到头忙个不停，也是体弱多病。妈妈倒是个大美人，却只惦记着去宴会寻欢作乐，根本没想过要小孩。玛丽从出生那天起，就被扔给当地的奶妈照顾。奶妈为了讨主人高兴，只能把孩子带得远远的。于是，这个多病、烦躁、难看的小婴儿，就这样远离了父母的视线，长到蹒跚学步时，也依然如此。她只记得奶妈和当地仆人黑黑的脸庞，除此之外，再没见过其他熟悉的东西了。因为怕她的哭声打扰到主人，仆人们对她总是百依百顺。就这样，到玛丽六岁的时候，她已经变得像小猪崽一样任性又自私。教她读书的英国女教师因为太讨厌她，不到三个月就不干了。后来的家庭教师更是一个比一个干的时间短。只要玛丽打定主意不学习，她可能大字都不识一个。

这天早晨，天热得吓人，九岁的玛丽一觉醒来便觉得心烦意乱，当她发现站在身边的人不是奶妈时，更加怒不可遏。

“谁让你来的？”她问那个陌生的女人，“我不准你呆在这儿，让我奶妈过来。”

那女人吓坏了，只能支支吾吾地说奶妈来不了了。玛丽勃然大怒，对着她又打又踢，把那个女人吓得只会一遍遍地说奶妈来不了了。

那天早上的气氛很怪异，所有的事情都乱套了，有一些仆人好像没来。房间里来的那些仆人一个个面如死灰，一脸的惊恐神色，有的四处乱窜，有的偷偷溜走了。没人告诉她究竟发生了什么事，奶妈也一直没来。整个早上，都没人搭理她。后来，她溜进了花园，独自在走廊旁边的大树下玩了起来。她把鲜红色的大瓣木槿花塞进小土堆里，假装在做一个花坛。后来，她越想越生气，嘟哝着骂人的话，准备在奶妈回来时狠狠骂她一顿。

“猪猡！猪猡！猪猡养的！”她嘟哝着，因为叫当地人猪猡是对他们最大的侮辱。

她咬牙切齿地骂个不停，这时，她听到她妈妈和别人来到走廊上的声音。妈妈和一个漂亮的小伙子站在一起，压低了声音说话。玛丽认识这个长了一张娃娃脸的小伙子。她听说他是刚从英国过来的。小女孩盯着他看，也盯着她妈妈看。只要有机会看到妈妈，她总是这样目不转睛地盯着她看，因为女主人——玛丽经常这么称呼妈妈——那么高挑、苗条、漂亮，衣服那么可爱，头发如同卷曲的丝绸，小巧的鼻子好像什么都瞧不上眼，大大的眼睛总是充满笑意。她所有的衣服都轻薄飘逸，玛丽觉得它们“镶满了花边”。这天早上，她的衣服看起来尤其如此，但是眼睛却毫无笑意，大大的眼睛满是惊恐，急切地看着年轻军官的脸。

“情况真的这么糟糕？真是这样吗？”玛丽听到女主人说。

“糟透了。”年轻人声音颤抖，“情况真的糟透了，伦诺克斯夫人，你两周前就该去山上。”

“哦！我知道我早该离开了！”她哭着说，“我留在这里，就是等着去参加那个无聊的晚会！我真是太蠢了！”

就在这时，从仆人的住处传来一阵巨大的嚎哭声，女主人吓得紧紧抓住年轻人的胳膊，玛丽也吓得浑身颤抖。哭声越来越大。“怎么了？发生什么事了？”伦诺克斯夫人喘着粗气问道。

“有人死了。”年轻军官说，“您没和我说仆人已经感染了啊？”

“我不知道！”女主人哭喊道，“跟我来！跟我来！”她转身跑回房间里。

这之后，可怕的事情发生了，玛丽也明白了早上怪异的气氛是怎么回事了。霍乱可怕地爆发了，人们像蚊蝇一样成堆地死去。昨天夜里奶妈就病了，刚才就是因为奶妈死了，所以佣人房里才传出哭声。第二天还没到，又有三个仆人死了，其他人都在惊慌中逃走了。到处都是恐慌，到处都是奄奄一息的人。

第二天，一切都陷入混乱之中。玛丽躲进自己的房间，彻底被人遗忘了。没人想起她，没人需要她，没人告诉她发生什么事了。这段时间，她睡醒了就哭，哭累了就睡。她只知道人们都生病了，而且还经常听到奇怪的吓人的声音。有一次，她偷偷地溜到餐厅，却发现餐厅一个人也没有，但是餐桌上的饭还剩一半，好像人们因为什么事突然站起来，把盘子都推到一边似的。玛丽吃了些水果和饼干，感到口渴了，又喝了一杯红酒，那瓶酒似乎还没人喝过。红酒味道很甜，可她不知道红酒的酒劲这么厉害，很快，她就晕乎乎的了。她回到房间，又把自己关起来，佣人房里的哭声和匆忙的脚步声把她吓坏了。酒劲上来了，她困得睁不开眼，只好躺在床上，睡了很长时间。

玛丽沉睡的那段时间，发生了很多事，但是，她对房间内外的一切声音都浑然不觉。

她醒来的时候，眼睛盯着墙壁。房间里一片寂静。她从不知道这里还可以这么安静，没有人声，没有脚步声。她在想是不是感染霍乱的人都治愈了，麻烦结束了；她还想，既然奶妈死了，以后会派谁来照顾她呢。可能会有个新奶妈，给她讲新故事。她对原来那个奶妈和仆人已经厌倦了。奶妈死了，她并没哭，她不是个有爱心的小孩，也从来不关心别人。霍乱引起的那些声音、慌乱和恐惧把她吓坏了。她生气，是因为人们似乎不记得她还活着。人们都慌了，想不起来还有个没人爱的小孩。霍乱发生的时候，人们似乎只关心自己，但是，如果霍乱结束了，应该有人会想起她，会来找她的。

但是，一个人也没来。玛丽躺着，等着，房间里越来越静。她听到脚垫边传来沙沙的声音，低头一看，原来是一条小蛇，正用宝石一样的眼睛盯着她看。她并不害怕，这个无害的小东西不会伤害她。它只是急着爬出去，现在它已经从门缝爬出去了。

“好奇怪啊！这么安静。”她自言自语，“好像房子里就剩下我和小蛇了。”

话音刚落，她听到地板上传来了脚步声，接着阳台上也有人走动。是脚步声，有人进来了，低声交谈着。没人过去和他们说话，他们好像把门打开了，挨个房间看。“真是凄惨啊！”她听到有个声音说，“那个漂亮的女人！那个漂亮的女人！我想她女儿也很漂亮吧。我听说她有个女儿，虽然没人见过。”

几分钟后，当他们打开房门时，玛丽就站在房间正中央。她看起来就是个难看的坏脾气的小东西，因为又饿又气，眉头紧紧地皱着。第一个进来的人是个大个子军官，玛丽见过爸爸和他说话。他看上去又累又烦，看到玛丽，不由得吓了一跳。

“巴尼！”他喊道，“这有个小孩！她一个人！在这个鬼地方！老天保佑，这是谁啊？”

“我叫玛丽·伦诺克斯。”小女孩气呼呼地说。她觉得这个男人粗鲁极了，竟然把她爸爸的房子叫做“鬼地方”。“他们感染上霍乱的时候我睡着了，我刚醒过来，为什么没有人来找我？”

“这就是那个没人见过的小孩！”那个男人惊叫道，转向他的伙伴，“她真的被人忘了。”

“为什么把我忘了？”玛丽跺着脚问道，“为什么没人来找我？”

那个叫巴尼的年轻人悲伤地看着她，玛丽甚至觉得他在使劲地眨巴着眼睛想把眼泪憋回去。

“可怜的孩子！”他说道，“他们都来不了了。”

就这样，玛丽以如此怪异而突然的方式得知，她再也没有爸爸和妈妈了。他们都去世了，夜里就被抬走了，剩下的为数不多的几个仆人也逃走了，没人记得还有她这个小孩。所以这里才这么安静。她说的对，房间里除了她和那条小蛇，再没有其他人了。

第二章

玛丽小姐真是犟

玛丽一直喜欢远远地看着她妈妈，她觉得妈妈美极了。可是，她对妈妈毕竟了解很少，你不能指望她在妈妈去世后会多么依恋她、想念她。事实上，她一点也不想妈妈。她是个只想着自己的自私的小孩，一直如此。如果她再长大点，想到自己从此就在这世上孤身一人了，肯定会非常焦虑的。可是，她毕竟只是个小孩子，觉得自己还会像以前一样，被别人悉心照顾。她考虑的，就是会不会有很好的人来接她，对她彬彬有礼，还像奶妈和那些仆人一样对她百依百顺。

最初，她被带到一个英国牧师家里，但她知道自己在那里呆不长，她也不想呆在那。牧师家里一贫如洗，有五个年纪差不多的小孩，衣衫褴褛，吵个不停，总是抢玩具。玛丽讨厌他们脏乱的房子，刚来一两天之后，他们就不和她玩了。第二天，他们还给她起了个绰号，这可把玛丽给气坏了。

是巴兹尔先想到这个绰号的。他长了个朝天鼻，蓝色的眼睛透着一股子鲁莽劲，玛丽非常讨厌他。一天，玛丽正在树下自己玩，就像霍乱爆发那天一样。她堆了一堆土，造了一条花园小路，这时巴兹尔来了，站在旁边看着她。他也来了兴致，就跟玛丽提议道："你为什么不堆一堆石头，弄一座假山呢?"他说，"就在中间那儿。"他靠向玛丽，指手画脚。

"滚开!"玛丽大喊，"我不喜欢男生，离我远点!"

巴兹尔一下子生气了，接着就开始嘲笑玛丽，他总是戏弄他的妹妹。他围着玛丽跳舞，做鬼脸，又唱又跳：

"玛丽小妞真倔犟
你的花园怎么样
银色铃铛小贝壳
金盏花儿排成行"

他一直唱着，直到其他小孩都听见了，也跟着哈哈大笑起来。玛丽越生气，他们唱得越来劲。后来，他们只要和她在一起就唱“玛丽小妞真倔犟”。谈论起玛丽，或者和玛丽说话，都管她叫“倔犟的玛丽小妞”。

“他们要送你回家了，”巴兹尔对她说，“就在这个周末。我们真开心！”

“我也很开心！”玛丽说，“要把我送到哪个家？”

“你不知道自己家在哪？”才七岁的巴兹尔语气轻蔑，“当然是英格兰。我奶奶就住在那儿，我妹妹梅贝尔去年也被送到那儿了。你没有奶奶，所以去不了奶奶那里。只能把你送到你姑父那儿了，他叫阿奇博尔德·克莱文。”

“我不认识他。”玛丽打断说。

“我就知道你啥也不懂，”巴兹尔说，“你什么都不知道。女孩都这样。我以前听我爸妈说起过他。他住在乡下一个偏僻、古老的大房子里，那是一个大大的、荒凉的老房子，谁也不跟他来往。他脾气不好，不许人去做客；其实就算他愿意，别人还不想去呢。他是个驼子，特别吓人。”

“我不信。”玛丽转身捂上耳朵不听了，她不想知道这些。

不过，她还是把这些话琢磨了很长时间。当天晚上，克劳福德太太就跟她说，过两天就要带她坐船去英格兰她姑父家里，到他的米瑟韦斯特庄园去。玛丽听了，面无表情，一副毫不在意的样子。他们不知道这小孩在想什么。他们想对她和善，可当克劳福德太太想去亲吻她时，她却转过头拒绝了；克劳福德先生轻轻拍了拍她的肩膀，她却僵硬地绷着脸。

“她实在太不起眼了，”后来，克劳福德太太怜惜地说，“她妈妈长得那么漂亮，举止那么优雅，可惜玛丽身上，却一点讨人喜欢的样子都没有。其他孩子都叫她‘犟玛丽’。他们是淘气了点，可说的也没错。”

“要是她那漂亮迷人的妈妈能多去看看玛丽，她也许还能懂点事。现在，这个可怜的美人就这么走了，很多人甚至都不知道她有个孩子。说起来真让人感伤。”

“我敢说她都没看过玛丽几眼，”克劳福德太太叹了口气，“奶妈死了以后，没人想起还有这么个小家伙。仆人都溜走了，把她一个人扔在空房子里。麦格鲁上校说，当他打开门，看到玛丽一个人站在房间中央时，差点吓得灵魂出窍。”

去英格兰的路上，有个军官的夫人照顾着玛丽，这位夫人刚好要送自己的孩子去寄宿学校。当然，她所有的心思都放在自己的儿女身上，巴不得把玛丽交给阿奇博尔德先生派来在伦敦接玛丽的那位女士手里。这位女士是阿奇博尔德的管家，名叫麦德洛克太太。她身材矮小敦实，脸颊通红，眼睛漆黑犀利。她穿着紫色的裙子，上面披了件带墨黑色穗子的黑色丝质斗篷，黑色帽子上点缀着紫色天鹅绒花朵，一朵朵竖立着，走起路来随着脑袋晃来晃去。玛丽一点也不喜欢她，不过她又喜欢过谁呢？再说麦德洛克太太也不在意玛丽。

“哎呀！她怎么是这么一个不起眼的小家伙啊！”麦德洛克太太说道，“我可听说她妈妈是个大美人。她一点也不像她妈妈，是不是？夫人？”

“可能长大了就好点了吧。”军官夫人耐着性子说。

“如果她脸色好点，表情高兴点，五官看起来还是不错的，孩子都一样，长大了会变模样的。”

“她可得变一变，”麦德洛克太太说道，“不过要我说啊，在米瑟韦斯特庄园也好不到哪里去。”她们说话的时候，玛丽正站在旅馆窗边，看着窗外穿梭的车辆和人群。她们以为玛丽听不见，其实她听得清清楚楚。她开始好奇，姑父是个什么样的人呢？他住的地方什么样子呢？驼子长成什么样？她从没见过驼子，可能印度根本就没有驼背的人。

自从玛丽没有了奶妈，并且一直住在别人家里，她就开始感觉孤独了，脑子里还冒出一些从前没有过的奇怪的想法。她开始思考，为什么在她爸爸妈妈还活着的时候，她就不属于任何人呢。别的孩子都是爸爸妈妈的宝贝，可她好像不是任何人的宝贝。她有仆人照顾，吃穿不愁，但没人在意她。她不知道，这其实是因为自己的个性不讨人喜欢。她常常觉得别人不讨人喜欢，还没想过自己也不讨别人喜欢。

玛丽觉得，麦德洛克太太是她见过的最讨厌的人了，脸色那么暗，长相又平庸，还戴了顶俗气的帽子。第二天，她们出发去约克郡，从站台到车厢的路上，玛丽把头昂得高高的，尽可能离麦德洛克太太远远的。她可不想让人觉得自己是和她一起的。要是别人以为她是那个太太的孩子，她肯定会气坏的。

麦德洛克太太才不理会玛丽和她的小心思。她是那种“不跟小孩废话”的女人。至少，如果你问她，她会这么回答你。她根本就不想去伦敦，因为她妹妹玛利亚的女儿刚好也要结婚了。但是，她在米瑟韦斯特庄园做管家，待遇丰厚，生活舒适，而保住这份工作的唯一办法，就是阿奇博尔德先生叫她做什么她就得做什么。她从来不敢多嘴。

“伦诺克斯上尉和他的夫人死于霍乱，”克莱文先生冷冰冰地说，“伦诺克斯上尉是我妻子的哥哥，现在我是他们女儿的监护人。你去一趟伦敦，亲自接她回来。”

于是，她拎着小皮箱上路了。

玛丽独自坐在车厢的角落里，愁眉苦脸，烦躁不安。她没有书读，也没什么风景可以看，只好把手放在膝盖上，手上还戴着黑色手套。身上的那条黑裙子把她的脸色映衬得更黄了，黑色的帽子底下露出几缕稀稀落落的头发。

“我还从没见过你这么花脸蛋的姑娘。”梅德洛克太太心想(“花脸蛋”是约克郡的方言，意思是“惯坏了的、爱生气的”)。她从没见过哪个小孩能这么一动不动地呆着，后来，她看够玛丽了，就开始用轻快的声音跟玛丽说话。

“我跟你说说你要去的地方吧，”她说，“你知道你姑父吗?”

“不知道。”玛丽说。

“没听你爸爸妈妈说起过他?”

“没有。”玛丽皱着眉头。她不记得她爸爸妈妈跟她谈过什么事情，他们什么都不跟她说。

“哦。”麦德洛克太太盯着玛丽毫无反应的奇怪的小脸蛋，嘟囔道。她过了好一阵都没再说话，后来她又开始说了。

“我觉得你该知道点，做点心理准备。你要去的可是个奇怪的地方。”

玛丽没吱声，这让麦德洛克太太有点失落，她做了个深呼吸，还是自顾自地讲起来。

“你姑父克莱文先生的房子很大，阴森森的，不过他对这房子很满意，这本身就让人挺郁闷的。那房子有六百年了，就盖在荒野边上，差不多有一百个房间，不过大多数的房间都上着锁。房子里有画，有精美的旧家具，都是很有年头的东西。房子周围有个大公园，还有小花园，种满了树，有些树枝都垂到了地上。”她停下来喘了一口气，“但是除此之外，什么都没有。”她突然停了下来。

玛丽不由自主地听着。这一切跟印度太不一样了，她总是能轻易地被这些新奇的事情吸引，但还是装作不在意的样子。这也是她不讨人喜欢、让人扫兴的地方。她只管静静地坐在那里。

“嗯，”麦德洛克太太说，“你觉得怎么样？”

“不知道，”玛丽说，“我没见过这样的地方。”

听她这么说，麦德洛克太太呵呵笑了两声。

“哦”，她说，“但你看起来像个老太太。你不在意吗？”

“我在不在意并不重要。”玛丽说。

“这点你说的没错。”麦德洛克太太说，“确实不重要。我不知道克莱文先生为什么要把你带到米瑟韦斯特庄园，不过可以肯定的是，这么做最省事。他不会为你操心的，这点非常肯定，因为他从不为任何人操心。”

她停了下来，好像突然想起什么似的。

“他是个驼背，”她说，“这把他毁了。结婚之前，他就是个忧郁的年轻人，除了钱和他的大房子，一无是处。”

虽然想装作不在意的样子，玛丽还是忍不住转头看她。没想到驼背姑父已经结婚了，这多少让她有点吃惊。麦德洛克太太本来就是个健谈的人，看到玛丽这样，讲得更来劲了。不管怎样，这也是打发时间的好方法。

“克莱文太太美丽可人，她想要的东西，先生就算跋山涉水，也要替她找到。大家都觉得她不会嫁给他，可她竟然真的就嫁给他了，人们都说她是看中了他的钱，不过她不是，真的不是！她死了以后，”

玛丽禁不住跳了起来。

“啊，她死了？”玛丽情不自禁地喊道。她刚好想起一本法国的童话书，名叫《利凯小簇》，讲的是一个可怜的驼背和一位漂亮的公主的故事。想到这，她突然很同情克莱文先生。

“是的，她死了。”麦德洛克太太说道，“夫人死后，他比以前更古怪了，他谁也不关心，谁也不见。大多数时候他都不在庄园，就算在家，他也把自己关在西边的侧楼，除了皮切尔谁也不见。皮切尔是个老家伙，从小就照顾他，知道他的脾气。”

玛丽觉得这都像是书里的故事，让人高兴不起来。想想那个房子吧——一百个房间全都关着门、上着锁，还建在荒野边上，管它是什么荒野呢——听起来就让人害怕。那个驼背的男人还把自己关起来不见人！玛丽把嘴巴抿得紧紧的，眼睛盯着窗外。就在这时，大雨开始下起来，四下泼溅，顺着窗户往下流。玛丽心想，如果姑父漂亮的妻子还活着，她就可以像自己妈妈那样，穿着“镶满了花边”的衣服，到处参加宴会，过得快快乐乐的。可惜，她已经死了。

“你别指望看见他，十有八九你见不着他。”麦德洛克太太说道，“你也别指望有人会跟你说话，没人跟你一起玩，也没人照顾你，你得记住哪个房间能进，哪个房间不能进。花园就够你玩的了。记住，在房里的时候，别四处乱跑乱看，克莱文先生不准那样。”

“我才不想东摸西碰呢。”玛丽突然酸溜溜地说。她刚刚觉得克莱文先生很可怜，可马上又觉得他自作自受。

她转过脸看窗上淌下来的雨水，望着窗外灰蒙蒙的雨帘，好像这雨会一直下个不停似的。她盯着看了很久，眼前的灰色越来越浓，就这样她睡着了。

第三章

穿越荒原

玛丽睡了很久，醒来时，麦德洛克太太已经在站台买了午餐，有鸡肉、冷牛肉、面包、奶酪，还有热茶。这时，雨下得更大了，车站上的人都穿着被雨水打得湿哒哒的发亮的雨衣。列车员将车厢的灯打开了。麦德洛克太太津津有味地吃着鸡肉、牛肉，喝着茶，饱餐一顿后，就睡着了。雨水敲打着车窗，让人昏昏欲睡。玛丽看着她精美的帽子滑到了一边，坐在角落里，竟然又睡着了。醒来时，外面已经漆黑一片。火车停靠在站台上，麦德洛克太太摇醒了她。

“你刚才睡着了！”她说，“快睁开眼睛！我们到怀特车站了，还有很长一段路要走呢。”

玛丽站起来，使劲睁开眼睛。麦德洛克太太在一边拿行李，小女孩没主动去帮她，在印度都是仆人收拾东西，其他人则站在一边等着，这再正常不过了。

车站很小，除了她们好像没人下车。车站站长跟麦德洛克太太说话。他声音沙哑，但态度恭敬，口音很重很奇怪。后来玛丽才知道，那是约克口音。

“你回来了，”他说，“还带着这个小不点。”

“嗯，就是她。”麦德洛克太太说话也有约克口音。她扭头看着玛丽，说道：“您夫人最近好吗？”

“她很好。马车在外面等你们呢。”

站台前的路边停着一辆马车，玛丽觉得那马车很漂亮，扶她上车的仆人也很漂亮。他那长长的雨衣和帽子闪闪发亮，在这样的雨天，连那个大块头的站长也在滴水，一切都是闪闪发亮的。

男仆关上了车门，和车夫一起上了车，他们就出发了。小女孩舒舒服服地坐在有靠垫的角落里，她可不想再睡着了。马车将带着他们驶向麦德洛克太太说起的那个奇怪的地方，玛丽望向窗外，好奇地看着路边。她不是个胆小的女孩，可是谁知道在那个有一百个锁着的房间的房子里会发生什么事呢，这个房子还在荒原边上！

“荒原是什么样的？”她突然问麦德洛克太太。

“再走十分钟，你就看到了。”那女人回答道，“我们在米斯尔荒原走五公里以后，才能到庄园。天太黑了，你可能看不清楚，但总能看到点什么。”

玛丽不再发问，一个人坐在角落里等着，眼睛盯着窗外。车厢的灯光在不远处投下影子，她看到窗外飞逝而过的景物。他们离开车站后经过一个小村庄，村庄里有白色的房子和亮着灯的酒馆。后来，他们又经过了一座教堂，一栋牧师的房子，还有一个商店，商店的窗户里摆放着玩具、糖果和各种各样的小东西。再后来，他们就到了公路上，路旁有树木和篱笆。再后来很长一段时间，至少在玛丽看来是过了很长时间，眼前的景色都没什么变化。

最后，马车越走越慢，好像在走上坡，两边也看不见树木和篱笆了，外面黑漆漆的，玛丽什么也看不见。马车在路上颠簸了一下，玛丽向前晃了一下，脸贴到窗子上。

“啊！我敢肯定，我们现在就在荒原上。”麦德洛克太太说道。

昏黄的灯光照着崎岖不平的路面，道路两旁是浓密的灌木丛，还有其他的低矮草木。然后，又是无穷无尽的黑暗。外面刮起了大风，发出怪异、荒凉、低沉的声音。

“这是……这不会是大海吧？”玛丽转头看着她问。

“不是海，”她说，“不是牧场，也不是山峦，不过是绵延数里的一大片荒原。荒原上就长了点石楠花、金雀花，除了野马野羊，再没有其他生物。”

“我觉得像是大海，仿佛有海浪的声音，”玛丽说，“刚才听着就是海的声音。”

“这是风吹过灌木丛的声音，”麦德洛克太太说，“这地方荒凉得让人悲伤。不过也有让人高兴的时候，比如石楠花盛开的时候。”

他们在黑暗中继续穿行，雨停了，可风还在刮个不停，发出奇怪的声音。他们沿着公路上上下下，有几次，马车驶到小桥上，桥下流水湍急，水声潺潺。玛丽觉得这条路似乎没有尽头，这片宽阔、荒凉的原野就像无边的黑色大海，而她，则正依靠着一小片干燥的土地穿行。“我不喜欢这儿，”她自言自语地说，“我不喜欢这。”说完薄薄的嘴唇抿得更紧了。

马车在一段上坡路上爬行，这时她看见一点灯光。麦德洛克太太看到后，马上长长地松了一口气。

“哦，这灯光真让我高兴，”她欢呼道，“这是旅馆的灯光。一天下来累得够呛，过一会儿，我们就能好好地喝杯茶了。”

她说的“过一会”可真够长的。马车穿过公园门口之后，又走了两英里路，马路两边的树木在头顶环绕，好像穿过一条长长的黑色隧道。

他们离开隧道，来到一块空地，在一个沿着石头建造的低矮的房子面前停下来。最初玛丽以为房间里都没开灯，从马车上下来才看见，楼上一个角落里的房间闪着昏黄的灯光。

房子的正门很大，形状奇怪的橡木门板上镶嵌着巨大的钢钉和钢条，大厅里灯光昏暗，墙上挂着的画像和那些穿着铠甲的人物，玛丽一眼也不想多看。她站在石头地面上，看起来就是个黑色的小不点，她自己也这么感觉的。

开门的男仆身边，站着一位消瘦却优雅的老先生。

“你把她带到房间里去，”他声音嘶哑地说，“主人明早去伦敦，今天不想见她。”

“好的，皮切尔先生，”麦德洛克太太说道，“您告诉我该做什么，我一定做到。”

“你该做的，就是确保主人不被打扰，不看见他不想看见的。”皮切尔先生说道。

然后，就有人领着玛丽上了楼梯，走过长长的走廊，又上了几步楼梯，然后来到一段走廊，直到看见一扇门，她才发现自己来到一个生了火的房间里，桌子上摆着晚餐。

麦德洛克太太说，语气很随意：“就是这里了。这个房间和隔壁的房间以后就是你的了，你得呆在这。别忘了。”

就这样，玛丽来到了米瑟斯韦特庄园，她可从来没觉得这么别扭过。

“不是海，”

她说，

“不是牧场，也不是山峦，不过是绵延数里的一大片荒原。

荒原上就长了点石楠花、金雀花，

除了野马野羊，再没有其它生物。”

第四章

玛　莎

早晨，要不是一个女仆来到房间里，她是不会睁开眼睛的。女仆正跪在壁炉边的毯子上，往外扒拉煤渣。玛丽躺着看了她一阵，然后才开始在房间四处张望。她从没见过这样的房间，觉得它新奇而幽暗。墙上的挂毯上绣着森林的景色，树下是盛装的人物，远处隐约可见城堡的塔尖，还能看到猎人、马匹、狗和女士。玛丽感到自己好像也在画里。透过窗户，她能看见远处的土地，光秃秃的一片，一棵树也没有，倒像是一片单调无垠的海洋。

"那是什么？"玛丽指着窗户外面问道。

那个叫玛莎的年轻女仆站起来，也指着窗外。

"那儿吗？"

"嗯。"

"那是荒原。"玛莎和善地笑着说，"你喜欢吗？"

"不喜欢，"玛丽说，"我讨厌它。"

"那是因为你还不习惯这，"玛莎说着又回到壁炉旁干活去了，"你一定觉得这太大太空旷了，不过以后你会喜欢的。"

"你喜欢？"玛丽问道。

"嗯，喜欢。"玛莎一边回答，一边高兴地擦着壁炉，"我就是喜欢这，一点也不觉得空旷。上面长满了好闻的东西，一到春天和夏天，周围开满了花朵，可爱极了。晴朗的天空万里无云，云雀高声歌唱。说什么我都不愿意离开这儿。"

玛丽听着她的话，一脸困惑。这个女佣和她在印度看见的那些仆人太不一样了。印度的仆人顺从、卑微，从不敢和主人用一个腔调说话。印度仆人得对主人磕头行礼，称主人为"穷人的主"或类似的称呼，对他们你尽可以命令，完全不用说像"请"字那么客气的词语。在印度，可没有跟仆人说"请你"或者"谢谢"之类的习惯，玛丽生气的时候还常常打她奶妈的耳光呢。玛丽琢磨着，要是眼前这个女孩被扇了耳光会怎么样。她脸蛋圆圆的，脸色红扑扑的，看起来脾气也不错，可她说话那个直率的样子让玛丽觉得，她要是挨了耳光的话，说不定会打回来——如果打她的是玛丽这么个小女孩。

“你真是个奇怪的仆人。”玛丽从枕头上抬起头来，淘气地说。

玛莎站起来，手里还拿着刷壁炉的刷子，哈哈大笑起来，一点也没生气。

“哈哈，我知道，”她说，“如果米瑟韦斯特庄园有个高傲的女主人的话，我永远不会在这干活，说不定会被派到厨房做洗碗工呢。我长得太不好看了，又满口的约克口音。不过这里尽管很大，却是个有趣的地方，就好像除了麦德洛克太太和皮切尔先生没有男主人和女主人似的。克莱文先生在家的时候也是什么都不管的，再说他也基本不在家。麦德洛克太太出于好心让我在这儿干活。她说，要是米瑟韦斯特庄园和其他地方一样，她也帮不了我。”

“你会做我的仆人吗？”玛丽问道，还带着那副印度小皇帝的神气。

玛莎又继续擦着壁炉了。

“我是麦德洛克太太的仆人，”她说，“她是克莱文先生的仆人。不过，这段时间我会先给你打扫房间，直到你有了自己的仆人。”

“那么，谁替我穿衣服呢？”玛丽质问道。

玛莎直起身来，不可思议地看着她，然后用一口约克腔问道：“咋不能自己穿呢？”

“你说什么？我听不懂。”玛丽说。

“哦，我忘了，麦德洛克太太跟我说过，让我注意点，不然你听不懂。我说，为什么你不自己穿衣服？”

“不行！”玛丽生气地说，“我从来没自己穿过，都是奶妈给我穿衣服的。”

“这样啊，”玛莎说，丝毫没意识到她接下来说的话很没礼貌，“那你现在该学学怎么穿衣服了，其实现在学都太晚了呢。我妈常说很不理解那些大户人家的孩子怎么都那么笨，让保姆给穿衣服、洗澡、带出去遛弯，就好像养的小猫小狗一样！”

“在印度可不是这样。”玛丽轻蔑地说，她几乎都忍不住了。

但玛莎可没在意。

“哦！我知道哪不一样了，”玛莎几乎是同情地说道，“我猜是因为印度黑人很多，体面的白人很少的缘故。我听说你是从印度来的，还以为你也是黑人呢。”

玛丽怒不可遏地站起来。

“什么！”她喊道，“你说什么！你竟然以为我是印度佬！你，你这个猪猡养的。”

玛莎生气地瞪着她。

“你骂谁呢？”她说，“你干嘛这么恼火？年轻的女士说话不该这么粗鲁。再说，我对黑人没有任何偏见。故事书里的黑人都是虔诚的宗教徒，都是你的兄弟。我从没见过黑人，要是让我亲眼见见他们，我高兴还来不及呢。今天早上，我进来生火的时候，溜到你床边，还悄悄的拽开被子看了看你，结果真让人失望，你也没比我们黑到哪里去，你皮肤不过是有点蜡黄而已。”

玛丽一下子恼羞成怒了。“你竟然以为我是个印度佬！好大的胆子！你对印度佬一无所知！他们不过是向你磕头的奴才，根本就不算是人。你不知道印度是什么样子，你什么都不知道！”

玛莎莫名其妙地盯着她。就在那时，玛丽感到如此愤怒和无助，她对这里一无所知，这里没人理解她，想到这点，一种可怕的孤独感笼罩了她，她一头趴在枕头上哭了起来，她哭得如此伤心，连玛莎这个约克女孩都感到有点害怕了。她充满歉意地走到玛丽身边。

“嗨，你别哭了，”她说，“千万别这么哭了。我不知道这样说让你不高兴了。你说的对，我啥也不知道，你原谅我吧，小姐，求求你别哭了。”

她那奇怪的约克口音里有种神奇的安慰效果，对玛丽很有效。玛丽渐渐不哭了，安静了下来。玛莎这才松了一口气。

“你该起床了。”玛莎说，“麦德洛克太太吩咐我把早晚餐和茶水都送到隔壁的房间，那以后就是你的房间了。我会帮你穿衣服的，如果你非得这样才肯起床的话。后面的纽扣系不上我帮你。”

玛丽终于肯起床了，她发现玛莎递给她的衣服不是她和麦德洛克太太到家那天晚上穿的那套。

“这不是我的衣服，”她说，“我的衣服是黑色的。”

她打量着这套厚实的白色羊绒外套和裙子，一本正经地赞叹说：“这套比我原来的好看。”

“你必须得穿这件，”玛莎说，“这是克莱文先生让麦德洛克太太去伦敦买的。他说：'我不允许一个孩子穿一身黑色，丢了魂似的在屋里游荡，这地方已经够压抑了。让她穿点带颜色的衣服吧。'夫人说她知道克莱文先生什么意思，她总是能知道别人的意思。她受不了黑色衣服。"

"我也讨厌黑色的东西。"玛丽说。

穿完衣服，两人都长了见识。玛莎给她弟弟妹妹系过扣子，但她从没见过哪个小孩会像玛丽一样一动不动，好像没长手脚似的等着别人给她做事。

"你为什么不自己穿鞋？"玛丽伸出脚等着穿鞋的时候玛莎问道。

"以前都是奶妈给我穿鞋的，"玛丽说，"这是规矩。"

"这是规矩"是玛丽常说的一句话。印度仆人经常把这话挂在嘴边。如果你让他们做一件他们祖宗过去一千年都没做过的事，他们就会温顺地看着你说："这不合规矩。"这事就算完了。

照规矩说，玛丽小姐就应该像个布娃娃一样衣来伸手，可现在，她心里有点打鼓，恐怕在米瑟韦斯特庄园的日子，她得学点新"规矩"了，比如自己穿鞋，自己穿袜子，或者把扔掉的东西捡起来。这个玛莎如果是个训练有素的女仆，应该会更温顺、更谦卑，自觉地做好梳头、系鞋带、捡东西、摆放东西这些分内的事，可她偏偏只是个不争气的约克乡巴佬，每天和小弟弟小妹妹们挤在荒野的小茅屋，不但要照顾自己，还要照顾那些还在襁褓中或蹒跚学步的小家伙们。

如果是随和的小孩，可能会对玛莎的喋喋不休付之一笑，可玛丽·伦诺克斯偏偏不是这样的小孩。玛莎没大没小的态度让她纳闷，可她也只是不动声色地听着。刚开始她毫不在意，可后来玛莎温顺随和的态度让玛丽开始关注了。

"嗯，你真该去我家看看，"她说，"我家十二口人，就靠我爸爸一周六先令的薪水养活，我妈只好熬粥喂饱我们。小家伙们整天在荒野上玩耍，老妈说外面的新鲜空气把孩子都养得壮壮的。老妈还说他们像野马一样吃草。我家迪肯十二岁了，他就有一匹小野马。"

"他从哪得到的？"玛丽问。

"他在荒原上碰到小野马和妈妈在一起，就分点面包、拽点嫩草给马儿吃，和它们交朋友。小野马很喜欢迪肯，迪肯走到哪它就跟到哪，还让迪肯骑到它背上。迪肯是个好孩子，动物们都喜欢他。"

玛丽从来没养过宠物，她一直觉得自己应该有一个宠物。想到这，她对迪肯有点兴趣了，虽然只是一点，但毕竟是个良好的开始。这之前她可是除了自己谁也不关心的。她走进特意为她准备的儿童房，可这里和她睡觉的房间没什么两样。根本没有小孩房间的样子，完全就是个大人的房间。墙上挂着死气沉沉的陈旧的画像，椅子也是笨重的老橡木做的。房屋中间的桌子上摆着一份丰盛的早餐。不过玛丽胃口一向不好，她看着玛莎放在她面前的那盘食物，神色冷漠。

"我不想吃。"她说。

"你真的不想吃粥吗？"玛莎不可置信。

"不想吃。"

"你不知道多好吃。放点糖吃吧。"

"我不想吃。"玛丽重复道。

"哦，"玛莎说，"我可看不得好好的粮食就这么浪费了。要是我家孩子在这，不到五分钟就全吃光了。"

"为什么？"玛丽问，声音冷冷的。

"为什么！"玛莎重复道，"因为他们这辈子还没吃过一顿饱饭呢。他们就像老鹰和狐狸一样，总是饥肠辘辘的。"

"我不知道吃不饱是什么感觉。"玛丽漠不关心地说道，她对这方面真的很无知。

玛莎看起来很愤慨。

"哼！显而易见，你该尝尝吃不饱是什么感觉。"她直率地说道，"我可不想和你这样对着面包和肉光看不吃的家伙费工夫。说真的，我真希望我家迪肯、菲利普和简，他们围裙底下有这么多吃的。"

"那你干脆把这些带给他们好了。"玛莎建议道。

"这不是我的，"玛莎固执地说，"而且今天我也不放假。我和其他人一样，一个月只放一天假，那天我就回家帮我妈妈打扫房间。"

玛丽喝了点茶，吃了点面包和果酱。

"你穿暖和点，出去玩。"玛莎说，"这样你就有胃口吃肉了。"

玛丽走到窗边，望着外面的花园、小径和大树，觉得索然无趣。

"出去？我才不想在这样的天气出去呢。"

"嗯，如果不出去你就只能在房间里呆着，你能干嘛呢？"

玛丽望了望，发现确实没什么可做的。麦德洛克太太布置房间的时候，可没想过"好玩"这事。看来真的要出去了，出去看看花园是什么样的。

“谁陪我一起去?”玛丽问。

玛莎盯着她。

“你一个人去,”她说,“你得像那些没有兄弟姐妹的人一样,学着自己玩。我家迪肯能一个人在荒原玩四个小时。他就是这样和小野马交上朋友的。荒原上的羊儿都认识他;小鸟也在他手心里啄食吃。他总要把自己为数不多的面包省下来一点哄他的动物朋友。”

迪肯的故事使玛丽情不自禁地想出去看看。外面就算没有野马野羊,也应该会有小鸟,这里的鸟一定和印度的大不相同,她很想瞧瞧。

玛莎把外套、帽子和一双矮墩墩的小靴子递给她,告诉她到楼下去的路。

“从那条路过去就能到花园了,”她指着灌木丛边上的大门说,“到了夏天,那边开满了花,不过现在没有。”她似乎犹豫了一秒钟,又接着说,“有一个花园锁上了,那里十年都没人去过了。”

“为什么?”玛丽不由自主地问道。奇怪的房子里已经有一百个上锁的房间了,现在又多了一个。

“克莱文先生在妻子突然去世后就把花园锁起来了,不让人进。那是夫人的花园。先生把门锁上,又挖了个洞把钥匙埋起来了。好了,麦德洛克太太摇铃了,我必须走了。”

玛莎走后,玛丽沿着灌木丛边的小路走过去,那个关了十年没人踏足的花园在脑海里挥之不去,花园现在什么样?还种着花吗?她穿过灌木丛上的大门,发现自己就在一个大花园里。宽阔的草坪,蜿蜒的小路,树木,花坛,还有奇形怪状的常青树,一个大水池中间有个喷泉。不过花坛已经荒芜了,喷泉也没喷水。这肯定不是那个上了锁的花园,不过花园怎么能上锁呢?花园总是能走进去的呀。

这时,她看见路的尽头有一堵长满了常春藤的围墙,初来英格兰的她不知道,这就是种瓜果蔬菜的菜园。她走到墙边,在常春藤间发现一扇开着的门。很显然,这里不是那个传说中的上了锁的花园,于是她走进去了。

她穿过门,来到有围墙的花园,发现这里的很多花园彼此相通,但是都有围墙。有一扇绿色的门开着,露出灌木丛和小径,花坛里种了些冬季的蔬菜。果树被修剪得与墙平齐,有些花坛还装了玻璃护栏。这个地方光秃秃的，可真够丑的，玛丽站在那，盯着周围，忍不住想到。可能到了夏天，树叶都绿了的时候，会好一点吧，不过这里没什么好看的东西。

就在这时，一个上了年纪的男人，肩上扛着一把铁锹，从另一个花园的门口走过来。他看到玛丽在这里出现，吃了一惊，不过还是用手碰了下帽子打了个招呼。他面容呆板沧桑，好像很不高兴见到玛丽。不过玛丽当时也是一副爱理不理的别扭的样子。她不喜欢花园，也不高兴见到这个老男人。

“这是什么地方？”她问。

“菜园。”他说。

“那边又是什么？”玛丽问，用手指着另一扇绿色的门。

“也是菜园，”他简单地说，“围墙那边还有菜园，而且还有果园。”

“我能进去吗？”玛丽问。

“你想去就可以去。不过现在没什么好看的。”

玛丽没吱声。她走到第二个绿色的门口，里面也有围墙、蔬菜和玻璃栏杆，不过第二个围墙上面有一扇绿门，只是没打开，这不会是那个神秘花园的门吧？玛丽可不是个胆小鬼，总是想到做到。她走到门前，拧动把手，她希望把手不要动，那就意味着这就是那扇神秘花园的门，可惜门轻轻就推开了，里面是个果园，树木修剪整齐，与墙平齐，冬季发黄的枯草中间长着光秃秃的果树，但是没看见有绿色的门。玛丽走到果园一侧，发现这里的墙一直延伸到外面，墙上露出树梢，站着一只红色胸脯的小鸟。小鸟突然唱起了冬之歌，好像看见玛丽在打招呼一样。

她停下脚步，聆听知更鸟欢快、友好的歌声，感到满心欢喜。你看，玛丽这样不喜人群的小姑娘也会感到孤独。这门户紧锁的偌大房子，这辽阔空旷的荒野，还有这宽敞荒芜的花园，怎会不使人产生孤身一人的感觉？如果玛丽是个备受呵护的可爱小孩，如今的境遇恐怕会让她伤透了心。可即使她是“倔犟的玛丽小妞”，仍难免感到孤苦伶仃。这只胸脯鲜亮的小鸟为玛丽伤感的脸蛋带去一抹微笑，她驻足，一直听着鸟儿歌唱，直到鸟儿飞走。这只鸟和印度的鸟大不相同，她是否在哪见过它？也许它就在神秘花园里，知晓花园的一切。

玛丽每天无所事事，可能正因为如此，她才对荒废的花园念念不忘，总惦记着去一探究竟。克莱文先生为什么把钥匙埋起来？如果他非常喜爱他的妻子，又为何会讨厌她的花园？玛丽怀疑她是否见过克莱文先生。不过她知道，如果他们见过，她肯定不喜欢他，就像先生不会喜欢她一样。她只会站在那里盯着他看，虽然很想问他为何如此古怪行事，却忍着一言不发，

“别人不喜欢我，我也不喜欢他们，”她想，“我永远也不能像克劳福德小镇上的孩子一样，滔滔不绝，又笑又闹。”

在路上，她想到知更鸟对她歌唱的样子，想到它栖息的树梢，突然停了下来。

“我猜那棵树就在神秘花园里，我敢确定。”她说，“那里有围墙，却没有门。”

她返回到第一次去过的菜园，一个老男人正在刨土。她站在他旁边，孩子气地不动声色地看着他，可他毫不在意。于是，她开口说话了。

“我去别的花园了。”她说。

“没人拦着你。”他粗鲁地说道。

“我去果园了。”

“果园门口也没有咬人的狗。”他说。

“可果园那里不通其他花园。”玛丽说。

“什么花园？”他嗓音沙哑，停下了手里的活计。

“就是墙那边的花园。”玛丽说，“那个花园有很多树，我能看见树梢。有个红色胸脯的小鸟停在树梢上唱歌。”

出乎玛丽预料，一抹微笑在老男人饱经风霜的脸上渐渐蔓延，使他看起来和刚才大不相同。她从没想过，微笑竟能神奇般地让人变得如此美好。

他转向果园方向，吹起口哨，哨声低沉婉转，很难想象面孔呆板的他竟能发出如此温柔的声音。可就在下一刻，神奇的事情发生了。红色胸脯的小鸟轻快而急促地飞来，停落在园丁脚下挖出的土堆上。

“看，它来了。”老男人呵呵地笑着说，他对鸟儿说话，就好像对小孩子说话一样。

“你去哪儿了？你这个淘气的小家伙。”他说，“我今天都没看到你。这么早就开始找小爱人了？可真是大胆呢。”

知更鸟小巧的脑袋歪向一边，抬头看着他，眼神温柔明亮，好似

黑色的珍珠。它一点也不怕生，四处乱跳，在土堆上轻快地啄食，找种子和昆虫，兴高采烈的样子竟像人一样漂亮，身体饱满而小巧，嘴巴精致，腿儿纤细。

“你一叫它它就来吗?”玛丽悄声问道。

“嗯，它还不太会飞的时候我就认识它了。那时它刚从别的花园孵出来，第一次飞过来的时候，因为身体太弱没力气飞回去，就在这呆了几天，我们就在那个时候混熟了。等它养好身体再飞回去的时候，它那窝小鸟都飞走了，孤零零的它只好又飞回来了。”

“它是什么鸟?”玛丽问。

“你不认识吗？这是知更鸟，它们是跟人最亲近、最好奇的鸟。如果你知道如何和它们相处，它们几乎像小狗一样友好。你看它，又开始四处啄食了，还朝我们看呢。它知道我们在说它。”

这个老男人看起来真的很古怪，看着这只丰满的小鸟，他又喜爱又骄傲。

“它是个自负的家伙，”他呵呵笑道，“它喜欢别人谈论它，我还没见过像它这样又八卦又爱啰嗦的家伙呢。它总是飞过来看我种些什么，克莱文先生不在意的那些事，这只鸟总是替他关注，并且放在心上，它才是大园丁呢。”

知更鸟忙碌地蹦蹦跳跳，在地上啄食，偶尔抬头看他们一眼。玛丽饶有兴致地看着它乌黑发亮的眼睛，这双眼睛好像能洞悉玛丽的一切。她好奇地问道：“其他的鸟飞到哪去了?”

“没人知道。它们都被老鸟赶出窝，四处飞走了。这只鸟很孤独。”

玛丽走近一步，盯着知更鸟看。

“我很孤独。”她说。

她以前没想过，自己这么尖酸易怒多半是孤独惹的祸，可当她和知更鸟两相对望时，才恍然大悟。

老园丁把帽子往自己的光头后面推了推，盯着玛丽看了一分钟。

“你就是那个从印度来的小孩吗?”他问。

玛丽点点头。

“难怪你会感到孤独。这之前你更孤独吧。”他说。

他又开始刨地了，把铁锹插到肥沃的黑色土地中，知更鸟就在旁边忙碌地跳来跳去。

“你叫什么名字?”玛丽问。

他直起腰，回答她。

“本·伍瑟斯塔夫。”他说，然后又呵呵地笑着，“它要是不和我在一起，我也是个孤独的老家伙。”他伸出大拇指，朝知更鸟指了指，“它是我唯一的朋友。”

“我一个朋友也没有。”玛丽说，“我从来没有朋友。我的奶妈不喜欢我，我都是自己和自己玩。”

直来直去是约克郡人说话的习惯，本·伍瑟斯塔夫就是这样一个约克郡人。

“我们俩很像，”他说，“咱俩看起来很像，长得不好看，看起来很郁闷，脾气又犟。”

玛丽从来没听过这样的大实话。印度的仆人总是向你行礼，对你百依百顺。她对自己的长相从没在意。难道自己真的像知更鸟来之前的本一样，样子难看，脾气又差？她感觉很不开心。

突然，一阵细小的声音波浪般在附近响起，她转过身，不远处的一棵苹果树上，知更鸟落到一根枝条上，突然唱起歌来。本放声大笑起来。

“它想干什么?”玛丽问。

“它决定跟你交朋友，”本回答，“我打赌，它已经被你迷住了。”

“我?”玛丽说，轻轻走向小树，抬头往上看。

“你愿意和我交朋友吗?”她像对一个人说话一样对知更鸟说，“你愿意吗?”她说话的态度不是硬邦邦的小样儿，也不是专横跋扈的印度样儿，而是轻柔殷勤，本很惊讶，和她初听他吹哨时一样地惊讶。

“怎么?”他喊道，“你说话像一个人一样亲切，好像你真是个小孩，不再是个硬邦邦的老婆子。你说话的声音，都差不多和迪肯对他的那些荒原上的小东西说话时一样了。”

“你认识迪肯?”玛丽问，匆匆回过头来。

“谁都认识他。他在约克郡到处游荡，连黑莓、石楠花都认识他。我敢担保狐狸会把他领去看自己的小崽，百灵鸟的窝都不对他藏着。”

玛丽本来想多问些问题的。她对迪肯几乎和对那个废弃花园一样充满好奇。可就在这当口，已经唱完歌的知更鸟稍微抖了抖身子，展开翅膀飞走了。它的访问已经结束，它还有别的事儿要办。

直来直去是约克郡人说话的习惯，

本·伍瑟斯塔夫就是这样一个约克郡人。

“它飞过墙去了！”玛丽喊起来，观察着它，“它飞进果园了，它飞过另一道墙，到没有门的花园里去了！”

“它住那里。”本说，“它是从那里孵出来的。要是它在求爱的话，它应该正在讨好一只年轻的知更鸟女士，她住在那里的老玫瑰树丛里。”

“玫瑰树丛，”玛丽说，“那里有玫瑰树丛？”

本抽出铁锹，又挖起来。

“十年前有。”他嘟囔着。

“我想去看看它们，”玛丽说，“绿色的门在哪里？门一定在什么地方。”

本把铁锹深深往下挖了一下，又和刚开始时一样冷漠了。

“十年前有，可是现在没有了。”他说。

“没有门？”玛丽叫起来，“不可能，一定有。”

“没有人找到过，再说了也不关谁的事。不要像个多管闲事的娃子，无缘无故地东闻西嗅。好了，我要干活了。走开，自己玩，我没时间了。”

他竟然停止挖地，把铁锹甩到肩膀上，径直走了，瞥都没瞥她一眼，更不要提说再见了。

第五章

走廊里的哭声

起初，玛丽·伦诺克斯的生活一成不变。早上，女仆玛莎跪在炉边生火的时候，她刚好在挂着绣毯的房间醒来；在乏善可陈的儿童房吃完早餐，就望着窗外一望无垠的辽阔的荒野，盯了一会才意识到，如果再不出去走走，真的要无所事事地呆上一天了。其实她早该出去走走了。她顶着从荒原吹来的寒风，沿着小径一路跑到大道上，身体里缓慢流动的血液也开始沸腾起来。她奔跑是为了让自己感觉暖和点，可她讨厌迎面呼啸而来的大风，好像看不见的巨人一样把她往后推。她不知道呼吸着从石楠花间吹来的新鲜空气对她瘦削的身体很有好处，不知不觉间，她双颊已经开始泛起红色，呆滞的眼神也越发明亮了。

在外面玩了几天之后，终于有一天，玛丽早上醒来，竟然知道肚子饿是什么滋味了。坐下来吃早餐的时候，也没有不屑地把粥推走，拿起勺子吃得碗都见底了。

"你今天早上吃得不错，是不是？"玛莎说。

"今天早上的粥很香。"玛丽说，连自己都有点惊讶。

"是荒野的新鲜空气让你有了胃口，"玛丽说，"你很幸运，有胃口又有东西吃。我家十二个孩子肚子饿得不得了却没东西吃。你以后还要每天在外面玩，这样才能多长点肉，脸色也不会那么蜡黄了。"

"我不玩，没什么好玩的。"玛丽说。

"怎么会没什么好玩的呢？"玛莎喊道，"小孩子可以玩木棍、石头。他们跑来跑去，边喊边看的。"玛丽不喊，她只是观察，除了观察也没什么可干的。她在花园里沿着小径四处转悠，有时候她会去找伍瑟斯塔夫，不过他要么忙着干活没空看她，要么一脸阴郁的不理人。有一次看到她过去他拿起铁锹就走了，好像故意躲着她似的。

有一个地方，是玛丽最常去的，那就是围着墙的那些园子外面长长的路。路的两边，是什么也没种的花圃，但常春藤却爬满了墙头。

有一段围墙上的常春藤比其他地方长得都要茂密，绿油油的一片，乱作一团。看起来似乎很久都没有人留意这个地方了。其他地方的常春藤都修剪得整整齐齐，但在这个并不是很高的位置，却压根没有修剪过的痕迹。

玛丽和本·伍瑟斯塔夫说过话的几天后，她才发现这个奇怪的地方，抬头向上看，只见风中摇曳的常春藤划出一道长长的曲线，在这之间有一抹红色，发出响亮清脆的叫声，原来是本·伍瑟斯塔夫的知更鸟，小小的脑袋歪在一边，身体前倾，就站在墙头上。

“啊，是你啊，是你吗？”玛丽朝着知更鸟喊道，就好像知更鸟能听懂她说话并会回答她似的，一点也没觉得这有什么奇怪的。

知更鸟真的回答她了，它在墙上叽叽喳喳地叫着跳着，好像跟玛丽说个不停似的，尽管它并没有真的“讲话”，可玛丽似乎听懂了，它好像在说：“早安！阳光多灿烂！微风多和煦！一切都如此美好！让我们蹦蹦跳跳一起歌唱吧！来吧！来吧！”

玛丽笑了起来。知更鸟在墙头上飞来飞去，玛丽追着它跑，肤色蜡黄不起眼的小玛丽看起来甚至很迷人了。

“我喜欢你！我喜欢你！”玛丽叫喊着，沿着小路轻快地跳着，一路叽叽喳喳，还想吹口哨，可她实在是一点也不会吹。不过知更鸟似乎很满意，一直在叽叽喳喳地回应着她，它还张开翅膀一下子飞到了树梢上，停在那里大声地歌唱。这让玛丽想起第一次站在果园看见它的那天，它也是这样在树梢上摇摆。现在她站在果园另一半的小路上，这边的墙要比那边低得多，知更鸟依然停在那棵树上。

“这就是那个不许人进的花园，”她自言自语道，“花园没有门，它就在里面，我多希望我能进去看看里面是什么样的啊！”

她沿着小路，跑到她第一个早上去过的那个绿色的门，然后又跑回去从另外一扇门进入果园，从果园里她看到另一侧墙边的树，知更鸟在那儿刚刚唱完歌，开始用嘴梳理羽毛。

“它就是在那个花园里，肯定是这样。”她说道。

她在果园里走来走去，对着果园围墙看了又看，却没有任何新发现，这里确实没有门。然后她又从菜园跑到墙上爬满了常春藤的那条小路尽头，还是没看见门。她又走到另一头，看了又看，仍然没有门。

“这很奇怪，本·伍瑟斯塔夫说这里没有门，结果真的没有门。

不过十年前这里肯定有门，不然克莱文先生怎么会把门钥匙埋起来呢？”玛丽说道。

玛丽开始对这一切感兴趣了，觉得来到米瑟斯维特庄园也不是什么坏事。印度闷热的天气总是让她无精打采，对什么都提不起兴趣。现在荒原的新鲜空气开始吹走她小脑袋里乱七八糟的东西，她有点清醒了。

她几乎一整天都在外面呆着，到晚饭时，她觉得又困又饿，可身体却觉得很舒服。玛莎喋喋不休也没让她生气，她甚至很愿意听她讲话。吃过饭后，她坐在壁炉前的地毯上，问了玛莎一个问题。

“克莱文先生为什么讨厌那个花园？”她问道。

她让玛莎和她呆在一起，玛莎同意了。玛莎年纪不大，又习惯了和家里兄弟姐妹挤在一起，她觉得和楼下那些男仆和贴身女仆一起呆在空旷的大厅里才无聊呢，他们还总是在一起窃窃私语，取笑她的约克郡口音。玛莎喜欢说话，而这个以前被黑人服侍的印度来的古怪的小孩，对她来说充满着新奇。

玛丽没让她，她就自顾自地坐在了地毯上。

“你是在想那个花园吗？”她问，“我知道你会这样的，我第一次听到的时候和你的反应是一样的。”

“他为什么讨厌那？”玛丽又问道。

玛莎把脚蜷起来，这样坐着很舒服。

“你听，外面的风在绕着房子呼啸呢，”她说，“要是你今晚去荒原上，你要被风吹得站都站不住呢。”

玛丽刚开始没明白“呼啸”是什么意思，后来听着听着她就懂了。“呼啸”肯定是指绕着房子不停地刮着咆哮着的大风，就好像一个看不见的巨人用力摇晃、敲打着房间的门和窗户，试图闯进来。可是你知道它肯定进不来，这让你觉得在一个烧着火红的炭火的温暖的房子里呆着会非常安全。

“但是他为什么那么讨厌那里？”玛丽又问道，她决定打破砂锅问到底了。

玛莎决定一股脑地告诉她这里的秘密了。

“记住，麦德洛克太太说不许谈论这件事。在这个地方有很多事都是禁止谈论的，这是克莱文先生的命令。他说，他的事不要仆人插手。那个花园以前是克莱文夫人的，他们俩常常自己去照看花园，连园丁都不许进去。他们进去后就把门关上，在里面一呆就是几个小时，看看书，聊聊天。那时夫人还是个小女孩呢，花园里有一棵很老的树，有个弯曲的树枝就像个椅子一样，夫人在上面种满了玫瑰花，经常坐在那上面。后来，有一次树枝断了，她从上面摔到地上，伤得太重，第二天就去世了。医生以为先生会疯掉然后也死去。这就是为啥他那么讨厌花园的原因了。从那以后没人去过花园，他也不许任何人谈论。”

玛丽不再问了。她盯着炉火，听着外面的风“呼啸而过”，风好像“呼啸”得更大声了。这时，玛丽身上发生了一件好事。事实上，到米斯韦斯特庄园后，玛丽经历了四件好事：她能理解知更鸟，而且知更鸟也理解她；她在风里奔跑，身体里的血液开始变暖了；她第一次有饥饿的感觉了，这是对健康有好处的事；她知道为别人难过是什么感觉了。

除了风声，玛丽还听到了别的声音，跟风声很像，几乎让人无法区分，玛丽也听不出来具体是什么。是一种很奇怪的声音，好像有个小孩在哭似的。虽然有时刮风的声音听起来确实很像小孩的哭声，但玛丽很确定这次的声音不在外面，而是从房间里传来的，虽然听起来很远，但实际上在屋里。她回过头看着玛莎。

“你听见有人在哭吗?”她问。

玛莎突然显得很困惑。

“没听见，”她回答说，“不过是刮风的声音，有时候听起来好像是荒野上有人走失了在哭似的。荒原上什么声音都有的。”

就在这时，她们听见楼下走廊传来一阵急匆匆走路的声音，肯定是哪个房间的门被打开了。她们房间的门突然开了，两个人吓得跳起来了。门一开，那哭声听得更清楚了。

“听，就在那儿，”玛丽说，“我早就告诉你了。的确有人在哭，而且是个小孩。”

玛莎跑过去关门，又拧紧了钥匙，但是在这之前，她们都听到远处走廊的房间里传来“嘭”地关门的声音，然后一切又恢复了安静，就是呼啸的风也好像停止了。

“就是风的声音，”玛莎固执地说，“如果不是风声，就是楼下的女仆，她整天闹牙疼。”

但是玛莎的态度让玛丽很怀疑，她紧紧盯着她，觉得玛莎没讲实话。

第六章

“有人在哭——真的有人！”

第二天，雨还是倾盆而下，玛丽向窗外望去，只见灰蒙蒙的雾气笼罩着整个荒原，看来今天是出不去了。

“遇到这种下雨天，你们一家人都做什么呢？”她问玛莎。

“尽量别让人踩着你，”玛莎说，“唉，一到下雨天，就觉得家里人真多啊。虽然妈妈脾气好，可也没办法。大点的孩子都去牛棚里玩。迪肯不怕湿，他还像平时好天气时一样出去。他说在下雨天，人们可以看到晴天时看不见的东西。有一次，在洞穴里，他看见一个快被淹死的狐狸幼崽，连忙把它揣在衬衫里，带回来了。狐狸妈妈在附近被杀死了，整个洞穴都被捣烂了，其余的幼崽无一幸免也都死了。现在那个被救的小狐狸就养在家里。还有一次，他把一个快要淹死的小乌鸦也带回家了，还把它驯服了，给它起个名字叫‘煤球’，因为它太黑了。现在，‘煤球’每天都跟着迪肯飞来飞去。”

不知不觉，玛丽已经不讨厌玛莎那副‘自来熟’的模样了。她甚至开始觉得玛莎说话很有趣，如果玛莎出去了或者不说了，她反而觉得有点难过。以前，她住在印度时，奶妈给她讲的故事和玛莎说的荒原小屋的故事完全不一样。想想十四个人挤在四间小屋子里，肚子都填不饱，孩子们跌跌撞撞，就像温顺的小牧羊犬一样玩耍，那该是一副怎样的情景。玛丽对妈妈和迪肯最感兴趣。玛莎讲到“妈妈”说的话、妈妈做的事，她听起来都觉得很舒服。

“要是我有一只乌鸦或者小狐狸，我也会和它们一起玩，”玛丽说，“可惜我什么也没有。”

玛莎看起来很不理解的样子。

“你会织毛衣吗？”她问。

“不会。”玛丽说。

“你会缝衣服吗？”

“不会。”

“你会读书吗?”

“会。”

“那你为什么不看看书呢? 或者学学写字? 你这个年纪可以读很多书的。”

“我没有书,我的书都放在印度了。”玛丽说。

“真可惜,”玛莎说,“不过如果麦德洛克太太允许你去书屋的话,那里倒是有成千上万本书。”

玛丽脑筋一转,有了个新点子,她没问书房在哪,而是打算自己去找找看。她并不担心麦德洛克太太,因为她好像一天到晚地呆在楼下舒适的管家房里。在这个奇怪的地方,你几乎一个人也看不见。实际上,你能看到的也只有仆人。楼下的大厨房里摆满了锃亮的黄铜和青锡的餐具。主人不在的时候,佣人就在楼下的佣人房里,每天都大吃大喝四五顿,奢侈极了。要是麦德洛克太太也不在,整个房间就会充满欢声笑语。

玛丽每天按时吃饭,只有玛莎一人服侍,除此之外没人管她,麦德洛克太太每隔一两天来看她一次。没人问她都做了什么,或者告诉她该做什么。她想,可能英国人对小孩都是这种态度吧。在印度,奶妈一步不落地跟着她,无微不至地照顾她,这让她常常觉得厌烦。现在,没人跟着她了,她得学着自己穿衣服。要是她伸手等着别人给她穿衣服的话,玛莎看她的样子就好像她又蠢又笨似的。

“你怎么什么都不会?”有一次,玛丽干站着、等玛莎给她戴手套的时候,玛莎说道,“我家苏珊才四岁,但却比你能干两倍。有时我真觉得你脑袋不太好使。”

玛丽气呼呼地,别扭了一个小时,不过她也有了新的想法。

那天早上,玛莎把壁炉打扫干净后就到楼下去了,玛丽在窗边站了十来分钟。她琢磨着去书房的事,她从听说书房的时候开始就有这个打算了。她感兴趣的其实不是书房本身,因为她很少读书,不过,书房让她想起房门紧闭的一百个房间。她琢磨着那些房间是不是真的都上了锁,要是进去能看见什么呢? 果然有一百个那么多吗? 为什么她不能去查查到底有多少个房间呢? 既然今天出不了门,倒不如去做这件事。从来没人教她做事之前要征得同意,也没有人告诉她威严为何物,所以她压根就没想到去问问麦德洛克太太能不能在房子里到处走走,即使看见她也想不到要问她。

她打开门，溜进走廊里，开始四处闲逛。这条长长的走廊通向其他走廊，她爬了一段又一段的楼梯，看见一扇门紧挨着一扇门，墙壁上挂着画像。有些画的是黑暗、神秘的风景，大多数是肖像画，里面的男人和女人都穿着丝绸和天鹅绒的奇怪而华丽的衣服。她这才发现，这个长廊里挂满了画。她从没想过一间房子里能挂这么多肖像画。她慢慢地走着，盯着墙上那些画里的人，那些人好像也盯着她看似的。她思量着，画里的人是不是在想，一个从印度来的小姑娘在这里做什么。有些是小孩的肖像画，穿着绸缎袍子的小女孩，长袍一直拖到脚面；男孩子都留着长头发，衣服袖子鼓囊囊的，衣领绣着花边，有的领子还是粗粗的环状。玛丽总是停下来看看画里的小孩，想着他们叫什么名字，现在去哪儿了，为什么会穿着这么奇怪的衣服。有一个呆板朴素的小女孩看起来就像她自己，穿着绿色的锦缎衣服，手上停着一个绿色的鹦鹉，眼神犀利而好奇。

"你现在住在哪里？我多希望你就在这啊。"玛丽大声地对她说。

一定没有哪个小女孩会像玛丽一样，度过如此奇怪的一个早晨。她在空旷的大房子里，楼上楼下地晃荡，穿过或窄或宽的好像没人踏足的走廊。既然建了这么多房间，就应该有人曾经住在里面啊！可现在这么空旷，玛丽几乎不相信这里住过人。

她爬上第二层楼梯，才想到去转了转门的把手。就像麦德洛克太太说的那样，所有的房门都是关着的，但她还是去拧了一个房间的把手，并且毫不费力就拧动了。门锁轻易就打开了，玛丽吓了一跳。当她伸手去推门时，门却自己慢慢地开了，而且还发出沉闷的声音。巨大的房门背后，是一间宽敞的卧室。墙上挂着绣品，房间里摆放着精美的家具，和她在印度看到的差不多。一扇铝框的大窗户正对着荒原；壁炉架上的肖像画里是一个长相普通、呆板的小女孩，眼神充满着好奇。

"可能她以前在这儿睡觉吧，"玛丽说，"她这样盯着我看，感觉好奇怪呀。"

接下来，她打开了一扇又一扇门，看了一个又一个房间，看得她都累了。虽然没查，可她想这里一定有一百个房间那么多。房间里都挂着陈旧的画像或图案怪异的挂毯，都摆放着奇怪的家具和饰品。

有个看起来像女士起居室的房间，门帘是刺绣的天鹅绒，小橱柜里摆放着一百来只象牙制作的小象。这些小象大小不一，有的小象背上还骑着人,有些个头比其他都要大,有的又小得像是刚出生的小象,玛丽在印度见过雕刻的大象,对大象也很熟悉。她打开柜门,站在小脚凳上把玩着这些小象,玩了很长时间后觉得累了,又把小象按顺序摆好,关上橱柜门。

她游荡在长走廊和空房间的时候,没看见一个有生命的东西,可在这个房间她看见了。她刚把壁橱门关上,就听见沙沙作响的声音,吓了她一跳。声音好像从壁炉旁的沙发那里传出来的,她朝那看过去,沙发角落的垫子上覆盖的天鹅绒破了个洞,从洞口里钻出个小脑袋,一双惊恐的小眼睛正盯着她看呢。

玛丽轻手轻脚地爬过去。那是一只小灰鼠的眼睛,亮晶晶的,它在垫子上咬出一个洞,在洞里舒舒服服地安了家。六只鼠宝宝依偎在它的身边,睡得正香呢!就算这里的一百个房间里都没有人,有这七只小老鼠在,也不会显得孤独了。

“要不是怕吓着它们,我真想把它们带回去。”玛丽说。

她逛了很长时间,累得不想再走了,就开始往回走。有两三次,她走错走廊迷路了,来回好几趟才找对地方。好在最后,她终于回到自己那层楼了,尽管离房间还有段距离,而且她不知道自己具体在哪。

“我一定是又走错路了。”站在一条短短的、挂着壁毯的走廊的尽头,她说,“我不知道怎么走了。周围太静了!”

话音刚落,一个声音打破了这份安静。又是哭声,但是非常短促,和她昨天晚上听到的不一样,是从墙那边传来的小孩子的哭声,听起来非常烦躁。

“听着比昨天晚上的声音距离近,确实是哭声。”玛丽的心跳得更快了。

玛丽不小心碰到了身边的挂毯,吓得跳回来。挂毯后面藏着一扇门,一碰就开了,后面是走廊。正在这时,麦德洛克太太手里拿着一串钥匙走过来了,她看起来非常生气。

“你在这儿做什么?”她抓住玛丽的胳膊把她拉走,“我跟你说过什么,你都忘了?”

“我拐错弯了,”玛丽解释道,“我不知道怎么走,我还听到有人哭。”此时她非常讨厌麦德洛克太太,不过让她讨厌的还在后头呢。

“你什么也没听到,现在马上回到你的房间去,否则我就拧你的耳朵。”这个女管家说。

然后她就抓着玛丽的胳膊，半推半拉地把她拽回到自己的房间里。

“现在听着，让你呆在哪你就呆在哪，否则就把你关起来。主人最好像他说过的那样，给你找个家庭教师。你这孩子需要人好好看着。我事情已经够多了，没工夫看着你。”

说完，她就走了出去，把门狠狠地关上了。玛丽坐在壁炉前的毯子上，气得脸色发白。不过她没哭，只是咬着牙。

“就是有人哭，有人在哭！”她自言自语。

这哭声她已经听见过两次了，她一定能找到是谁在哭。今天早上，她有很多发现。她感觉自己正在一段漫长的旅途中，至少，她总是能发现有趣的事情。她和那些雕刻的小象玩得很开心，还看见了在天鹅绒毯子里安家的灰鼠和鼠宝宝。

第七章

花园的钥匙

过了两天以后的早晨，玛丽醒来，一睁开眼睛就从床上坐起来。她冲玛莎喊道："快看荒原！快看荒原！"

暴雨已经停了，灰蒙蒙的雾气和乌云也被昨夜的大风吹跑了。现在，风也停了，明亮深邃的蓝色天空高高在上。玛丽从未想过天空能如此湛蓝。在印度总是一片热浪，而在这儿，天空清凉深邃，像是见不到底的湖水一样闪闪发亮，羽毛般雪白的云朵一片片漂浮在苍穹之上，远方的荒野看起来更像是柔软的蓝色，而非紫色或可怕的灰色。

"是啊，暴风雨已经停了。每年的这个时候都是这样。一夜之间便烟消云散，就好像从未来过，以后也不会再来似的。这是因为春天快到了，虽然还要过一阵子，但总是快了。"玛莎愉快地笑着说。

"我还以为英国总是下雨，天总是黑乎乎的呢。"玛丽说。

"哦，不是那码事！"玛莎在一堆黑色刷子中间半跪着坐了起来，说道，"不是那码事。"

"你说什么？"玛丽严肃地问。在印度，当地人讲很多种不同的方言，只有少数人能听懂，所以对于玛莎说的那些她听不懂的话，玛丽并不感到吃惊。

玛莎像第一个早上那样笑起来。

"我又忘了，"她说，"我又没记住麦德洛克太太的叮嘱，说起约克土话了。'不是那码事'意思是'才不是那样呢'。"玛莎小心翼翼地慢慢地说道，"不过这么说太长了，所以我就说了土话。天气好的时候，约克郡是世界上阳光最好的地方。你以后会喜欢荒原的。再等等，你就能看到金色的金雀花一朵朵盛开，石楠花绽放紫色的花朵，成百只蝴蝶、蜜蜂和云雀嗡嗡作响，到处飞舞，直飞云霄。你会巴不得太阳一出来就跑出去，像迪肯一样在外面一呆就是一整天的。"

"我能去你家吗？"玛丽望着窗外，充满渴望地问道。远处的天空一片湛蓝，看起来如此新鲜、奇妙和神奇。

暴雨已经停了，

灰蒙蒙的雾气和乌云也被昨夜的大风吹跑了。

“我不知道，我看你好像从来没用过腿似的。你能走五英里吗？我们家离这有五英里远呢。”

“我想去你家看看。”

玛莎好奇地盯着她，然后又拿起刷子打扫壁炉了。她觉得这张小小的、不出奇的脸蛋不像她第一天早上看见时那么扫兴了。玛丽充满渴望的表情很有点像她的小妹妹苏珊·安。

“我得问问我妈妈，”她说，“她是个总能想到办法的人。今天轮到我休假回家，我太高兴了。麦德洛克太太对我妈妈很尊重，或许她能帮你问问。”

“我喜欢你妈妈。”玛丽说。

“我一猜就是。”玛莎表示同意，继续擦拭着。

“我从没见过她。”玛丽说。

“是的，你没见过。”玛莎答道。

她又坐了起来，用手背擦着鼻头，好像有点困惑，不过马上很肯定地说：“她通情达理、干活勤快、脾气又好，见过她的人没有不喜欢她的。每次轮到我回家，一路上我都忍不住高兴地蹦蹦跳跳。”

“我喜欢迪肯，”玛丽又说道，“虽然我没见过他。”

“哦，”玛莎语气坚定地说，“我跟你说过，小鸟喜欢他，小兔子喜欢他，野羊野马喜欢他，狐狸也喜欢他。可是我不知道，”她故作深沉地看着玛丽，“迪肯会怎么对你呢？”

“他不会喜欢我的，没人喜欢我。”玛丽用她呆板、冷静的口气说道。

玛莎又陷入了沉思。

“你喜欢你自己吗？”她问，装出一副很想知道的样子。

玛丽犹豫了一会，又仔细想了想。

“不喜欢，确实不喜欢。”她答道，“只是我从前没想过这个问题。”

玛丽笑了笑，好像想起了以前的家里的事。

“妈妈以前跟我说过这样的话，”她说，“有一次，我发脾气，讲别人的坏话，妈妈正在水槽边洗东西，她回过头来问我：‘你这个小话唠，站在那儿说不喜欢这个不喜欢那个的，你喜欢你自己吗？’我一听就笑起来了，头脑马上清醒了。”

玛莎给玛丽送完早餐，就兴高采烈地走了。她马上就要步行五英里，穿过荒原回家了，她要帮妈妈洗洗涮涮，还要烤好一个星期的面包，然后就可以尽情地玩了。

玛莎一走，玛丽觉得更孤独了。她迫不及待地跑到花园里，绕着喷泉花坛跑了十圈。她仔细数着，跑完十圈后感觉好多了。在阳光的照耀下，这个地方显得不同寻常。深邃湛蓝的天空高高地挂在米瑟韦斯特庄园上空，就像荒原上的天空一样。玛丽抬头仰望天空，想象着自己躺在雪白的云朵上漂浮。她跑到最近的菜园子，看见本·伍瑟斯塔夫正和两个园丁一起干活。天气一变，他好像也精神了不少。他用自己独特的方式对玛丽说："春天来了，你闻到它的气息了吗？"

玛丽吸了吸鼻子，觉得自己闻到了。

"我闻到了，很好闻，很新鲜，很湿润。"她说。

"那就是肥沃的土壤的气息，"他边挖地边说道，"土地已经准备好了。一到种植的时候，土地也会高兴；冬天不种东西，土地也就迟钝了。花园里地底下的东西都沸腾了。阳光温暖着它们。过不了多久，你就能看见黑土地上长出绿色的小芽。"

"会长成什么？"

"有番红花、雪花莲和水仙。你以前没见过吗？"

"没见过。在印度，一场雨过后，总是又闷热又潮湿，花草树木马上就变绿了，"玛丽说，"我认为，它们都是一夜之间就长起来了。"

"它们可不会一夜之间就长起来，"伍瑟斯塔夫说，"你得耐心等着。它们一会在这儿露出一点，一会在那儿冒出一点，叶子也一片片地伸展。你可以观察一下。"

"我正要这么做。"玛丽说。

很快，她听到鸟儿拍打翅膀发出窸窸窣窣的声音，她马上就意识到，知更鸟又来了。它生机勃勃，看起来精神不错，在玛丽脚边跳来跳去，头歪向一边偷偷地看着她。她问本："你觉得它是不是认识我了？"

"是不是认得你！"伍瑟斯塔夫气呼呼地说，"它连菜园里的卷心菜都认得，更别提人了。之前，它可从没见过你这样的小家伙，看见你恨不得把你看个透呢。你可别想跟它隐藏什么。"

"它居住的那个花园里，晚上也有东西在地下生长吗？"

"什么花园？"伍瑟斯塔夫咕哝道，又板起了面孔。

"就是长着古老的玫瑰的那个花园，"她太想知道了，所以忍不住问道，"那里的花都死了吗？还是有些春天会再开的？还有玫瑰花吗？"

"你问那只鸟吧，"本·伍瑟斯塔夫说道，耸着肩膀走向知更鸟，"只有它知道，这十年除了它没人进去过。"

十年是很长的一段时间，玛丽想。十年前她还没出生呢。

她走开了，慢慢地思考着。她开始喜欢花园了，就像她开始喜欢知更鸟、迪肯和玛莎的妈妈一样。现在，她也开始喜欢玛莎了。好像有很多人值得喜欢，偏偏在她还不习惯喜欢别人的时候。她把知更鸟也当做一个人了。她跑到长满常春藤的长长的围墙外面，从那里就能看见树梢。就在她来回走第二趟的时候，发生了一件有趣又新奇的事情，这还多亏了本·伍瑟斯塔夫的知更鸟。

知更鸟叽叽喳喳地叫着，在玛丽左边的空花坛上四处乱跳，假装正在土里啄食，好让她觉得它并没有跟着她一样。可玛丽知道它一直跟着，想到这，玛丽又惊又喜，身体都有点微微颤抖了。

"你确实记得我！"她喊道，"你真的记得！你是这世上最漂亮的小东西！"

玛丽叽叽喳喳地逗弄着，知更鸟四处跳跃，也叽叽喳喳地摇着尾巴，好像在和玛丽交谈一样。它挺着绸缎般的红色胸脯，如此优雅、高贵而美丽，好像在向玛丽宣示着一只知更鸟也可以如此重要，就像人一样重要。玛丽小姐慢慢靠近知更鸟，弯下身和它说话，嘴里发出鸟儿一样的声音，这时她也没想过这事有多么奇怪。

啊！想想吧！知更鸟真的让玛丽靠得那么近！它知道，玛丽绝不会朝它伸手或是吓唬它的。它确实是人，而且比人更善良。玛丽高兴得都不敢呼吸了。

花坛也不是真的光秃秃的。虽然砍走了多年生的花卉以便过冬，但是花坛后面还种了一些高矮不一的灌木，知更鸟在树丛下到处乱跳，在一个新堆起来的土堆上停下来，开始找虫子吃。土堆是小狗为了抓鼹鼠，在旁边刨了一个很深的坑，很自然就形成了土堆。

玛丽看了看，搞不懂这个洞怎么会出现的，但是却在这堆新翻出来的土堆里发现了一个锈迹斑斑的戒指，可能是钢铁或者黄铜做的。知更鸟飞到了旁边的树上，她这才伸手捡起了那个戒指。那可不仅仅是个戒指，而是一把旧钥匙，看起来好像被埋了很长时间了。

玛丽小姐站起来，看着手指上挂着的东西，脸上充满了恐惧。

"也许，它已经在这儿埋了十年了，"她低声说，"也许，这就是那把花园的钥匙！"

第八章

带路的知更鸟

她盯着钥匙看了很久，翻来覆去地琢磨着。就像之前说的，没人告诉过这个小女孩，做事之前还要征得大人的同意。她脑袋里只有一个想法：如果这真是花园的钥匙，那等她找到花园门，就能打开门走进去了，就可以看看那些老玫瑰树怎么样了。那里锁了这么长时间，她很想进去看看。十年了，里面可能发生了很多不同寻常的怪事。而且，如果她愿意，可以每天都去，关上门就能一个人在里面玩，没人知道她在哪，别人还以为花园门还是锁着的，钥匙还埋在地里。想到这些，玛丽十分开心。

过去的这段日子，在这个大房子里，一百个房间都神秘地上着锁，玛丽完全是独自一个人生活。这让她迟钝的脑筋开始活跃起来，想象力也越发丰富了。毫无疑问，荒原上新鲜、凛冽而纯净的空气给她带来了这些变化。她现在吃饭有胃口了，迎风奔跑让她热血沸腾，精神亢奋。在炎热的印度，她总是懒洋洋的打不起精神，可是在这，她开始对很多事情感到新鲜，并且尝试去做。她现在感觉没那么"别扭了"，尽管还说不清是什么原因。

她把钥匙放在口袋里，沿着小路走来走去。除了她好像没人到这儿来，所以她慢慢地走着，与其说她盯着墙，不如说是盯着墙上的常春藤。这些常春藤真让人沮丧。她望眼欲穿，可除了茂密光泽的暗绿色的树叶以外，什么也见不到，这让她失望极了。她在路上来回踱步，张望着围墙里面的树梢，不知不觉又开始气恼了。明明近在眼前，但却进不去，这太可恨了。回到房间的时候，她手插在兜里，攥着钥匙，暗暗下定决心，以后无论什么时候出门都要随身带着钥匙，这样只要发现那扇隐藏的花园门，她就能直接打开进去了。

虽然麦德洛克太太允许玛莎在家过夜，但她还是一大早就回来干活了。她脸颊红彤彤的，一副精神抖擞的样子。

"我四点钟就起床了，"她说，"荒原真是太美了！有飞翔的小鸟，跳跃的兔子，还有升起的太阳。我不是一直走过来的，而是搭了别人的马车。我真是开心极了！”

玛莎放假回家这天，真是发生了好多高兴事。她妈妈见到她很高兴，她们一起烤了面包，洗了衣服。她还给家里的孩子每人都做了一个放红糖的小蛋糕。

“他们从荒原上玩够了回来的时候，我都把蛋糕烤得热腾腾的了，屋子里散发着香甜的面包味，炉火烧得正旺，孩子都高兴地欢呼着。迪肯说我们的小屋能接待国王呢。”

晚上，他们围坐在炉火旁，玛莎和妈妈给衣服打补丁，缝袜子。玛莎跟他们说起从印度来的、一直被黑人伺候的小女孩现在还不会穿袜子的事情。

“哈哈！他们真的很愿意听你的故事，”玛莎说，“我跟他们讲那些黑人的事儿和你坐的那条船，他们都听不够。”

玛丽想了一会。

“我一定在你下次回家前跟你讲更多我的事儿，”她说，“这样你就能再讲给他们听了。我猜他们一定愿意听骑大象和骑骆驼的事儿，还有那些官员是怎么打老虎的事。”

“哎呀！”玛丽兴奋地喊道，“他们一定乐坏了。你真的会告诉我那么多吗？约克郡以前有野兽表演，听起来都是一模一样的啊。”

“印度和约克郡截然不同，”玛丽一边思考，一边慢慢地说，“我以前从没想到这点。迪肯和你妈妈愿意听我的故事吗？”

“当然！我家迪肯的眼珠子都差点掉出来了，那双圆鼓鼓的眼珠子，”玛莎说，“但是妈妈好像很担心，她说你总是一个人。她说：‘克莱文先生没给她请个家庭教师吗？或者请个护士？’我就说：‘他没有请。虽然麦德洛克太太说先生想起来的时候会请的，可夫人说他两三年都想不起来任何事情了。’”

“我才不想要什么家庭教师呢。”玛丽生气地说。

“但是我妈说，你这个年纪该学着读书了，而且应该有个女人来照顾你，她还对我说：‘玛莎，要是你一个人孤零零的住在那样一个大房子里，妈妈又不在身边，想想你会多么难过啊。所以，你要想办法让她高兴起来。’我就说我会的。”

玛丽看着她，眼神坚定而沉稳。

“你已经让我很开心了，”她说，“我喜欢听你说话。”

这时，玛莎离开了房间，回来的时候，手放在围裙下面，攥着一个不知道什么东西。

“猜猜看，”她咧嘴笑着说，“我给你带来个礼物。”

“礼物！”玛丽小姐兴奋地喊道。一个十四口人都吃不饱的家庭，还能给人送礼物！

“有个男的在荒原上叫卖，”玛莎解释道，“他在我家门口停下小推车，车上有着锅碗瓢盆零零碎碎的东西，但是我妈没钱买。他正要走，我家的小伊丽莎白·艾伦喊道：‘妈妈，他这有跳绳，手柄是蓝色和红色的。’妈妈突然说道：‘先生，请等一下！跳绳多少钱？’男人回答说：‘两便士。’妈妈就开始在兜里翻钱，跟我说：‘玛莎，乖女儿，你把工资都给了妈妈，这个家处处都要花钱，我恨不得把钱掰成两半花。可今天我无论如何都要花两便士给那个小姑娘买个跳绳。’你看，就是这个。”

她把跳绳从围裙底下拿出来，自豪地展示着。这是一条结实、纤细的跳绳，两端是红色和蓝色条纹的手柄。玛丽以前没见过跳绳，她好奇地盯着它看。

“这是做什么用的？”她好奇地问。

“干啥用的？”玛莎喊道，“你是说印度有大象、老虎和骆驼，却没有跳绳吗？怪不得他们是黑人呢。你看着，就是干这个用的。”

玛莎跑到房间中间，一手攥着一个手柄，开始跳起来了。一个、两个、三个，不停地跳着，而玛丽则坐在椅子上转身看着她，墙上那些古老画像的怪异脸庞好像也盯着她看。玛丽琢磨着玛莎这个不起眼的小村姑居然敢在这些怪人眼皮底下跳绳。不过玛莎好像没看见似的。看见玛丽小姐一脸的好奇，玛莎很开心，继续跳着，直到跳了一百个才停下来。

“我以前跳的比这时间还要长，”她停下来的时候说道，“十二岁的时候，我跳了五百个，不过那时我没现在这么胖，而且总是练习。”

玛丽从椅子上站起来，跃跃欲试。

“这看起来不错，”她说，“你妈妈人真好。你觉得我也能跳吗？”

“你试试，”玛莎把跳绳递给她，鼓励她说，“一开始你可能跳不了一百个，不过经常练习就跳得多了。我妈妈就是这么说的。她说：‘跳绳对那个小姑娘再好不过了，这可是小孩最有用的玩具。在户外呼吸着新鲜空气，跳跳绳，伸伸胳膊伸伸腿，慢慢就有力气了。’”

玛丽跳起绳来，很明显她的小胳膊小腿没多少力气。虽然跳得不太好，可她太喜欢了，依然跳个不停。

“你可以穿上衣服到外面去玩，”玛莎说，“我妈让我告诉你多在外面呆着，要是雨下得小就不要回来，穿暖和点就行。”

玛丽穿上衣服，戴上帽子，把跳绳挂在胳膊上，正打算开门出去，突然想起了什么似的，又慢慢走回来了。

“玛莎，”她说，“这是用你的工资买的，花了你两便士。谢谢你。”因为不习惯向人表示感谢，以前也没在意过别人对她的好意，所以她口气有些僵硬，“谢谢你。”她说，因为不知道该怎么做，所以就把手伸出去。

玛莎也不习惯这种方式，笨手笨脚地握了下玛丽的手，然后哈哈笑起来。

“哦，这样太别扭了，老女人才握手呢，”她说，“要是我家艾伦，肯定会亲我的。”

玛丽看起来更呆板了。

“你想让我亲你吗？”

玛莎又笑起来。

“哦，不是我，”她说，“如果你不这样握手，可能你自己就想亲亲的。你还是去外面玩吧。”

玛丽小姐别别扭扭地走出房间。在她看来，约克郡的人都有点奇怪，玛莎更让人捉摸不透。最初玛丽很讨厌她，可现在不了。还有跳绳，可真是个神奇的玩意儿。她边跳边唱，直到跳得脸蛋都红了，她还没对什么这么感兴趣过。户外阳光明媚，和煦的微风夹带着新翻过的泥土的气息，拂过脸庞，让人心旷神怡。她绕着喷泉花园跳，沿着小路跳，最后跳到菜园里，本·伍瑟斯塔夫正边翻地边跟知更鸟说话。她一路跳到本身边，本抬头看着她，表情很困惑。她想他是否注意到她了，她想让他看到她在跳绳。

“太好了！”他喊道，“说真的，这样才像个小孩子，不然奶声奶气的。看你的脸，跳绳跳得红扑扑的，我要是说假话，就把我名字倒着写。我真没想到你还会跳绳呢。”

“我以前没跳过，”玛丽说，“今天我才开始跳，现在只能跳二十个。”

“你坚持跳就好了，”本说，“跳绳对你有好处，你看看那只鸟，正看着你呢，”本扭头看着知更鸟，“它从昨天就开始跟着你，今天又开始了，它早晚能弄明白跳绳是怎么回事的，它以前可没见过这玩意。哈哈！”他看着鸟摇摇头，“要是你再不小心点，早晚会被好奇心害死的。”

玛丽跳过花园，又跳过果园，隔几分钟便休息一下。后来她跳到常去的小路上，打算跳到路的尽头。这可是很长的一段路，她开始慢慢跳，可没跳到一半，就又热又喘，不得不停下来，不过她已经跳了三十个了，已经很满意了。玛丽咯咯地低声笑着，心情非常愉快。咦，你瞧，那条常青藤上站着的不就是那只知更鸟吗？它一路唱着歌跟着她呢。玛丽朝知更鸟跳过去，每跳一下都感觉口袋里有什么东西在撞动，低头一看，原来是知更鸟。玛丽又笑起来了。

“昨天你带着我找到钥匙，”她说，“今天你该带我找到花园门了吧，不过我猜你也不知道门在哪。”

知更鸟从墙头摇曳的常春藤枝头上飞下来，张嘴发出响亮动听的鸣叫，得意洋洋地炫耀着。自鸣得意的知更鸟是世界上最可爱的动物了，而它们几乎一直都是这个样子的。

玛丽的奶奶以前给她讲过很多魔法的故事，现在发生的一切可不就是魔法嘛！

小路迎面吹来一股清爽的微风，力度稍大，吹拂着树枝，吹开围墙上摇曳的常春藤。玛丽走到知更鸟身边，这时，微风突然吹开松散的常春藤，露出原本被藤叶覆盖的圆形把手，啊，是大门的把手。玛丽一下跳过去，一把拽住树叶。这一切发生得太突然了。

她把手伸到树叶下面，把它们推向两边，常春藤虽然枝叶茂密，甚至都延伸到树木和铁门上，好在还算松散，似窗帘一样随风摇曳。玛丽有点高兴，有点兴奋，小手直抖，心脏也怦怦地跳个不停。知更鸟仍然叽叽喳喳地歌唱，小脑袋歪向一边，似乎也和玛丽一样兴奋。她小手下面这个方形的铁做的东西是什么呢？上面还有个小洞。

这就是那个关闭了十年之久的花园门锁。她把手伸进口袋，拿出钥匙往门上一插，正好合适。她双手转动钥匙，门被拧开了。

她长长地出了口气，朝后面看了一下，确定没有人才松了口气。她挪开常春藤，慢慢地推开了门。

她从门缝溜进去，随手关上门，背朝门站着，四处张望。她太兴奋、太高兴、太迫不及待了。

就这样，玛丽终于来到了秘密花园。

第九章

最奇怪的房子

你无法想象，世界上竟存在如此甜蜜而诡异的地方。茂密的玫瑰花结成一片，攀援而上，光秃秃的花茎覆盖着高耸的围墙。玛丽·伦诺克斯认得玫瑰花，她在印度时就见过许多。地面上满是冬季枯黄的干草，里面冒出一些玫瑰树桩。还有许多挺直的玫瑰，它们枝干舒展，犹如一棵棵小树。花园里还有别的树木，而这个地方之所以显得如此神秘而可爱，是因为攀援的玫瑰花枝爬过所有的树木，摇摆的枝桠你追我赶，从一棵树到另一棵树，好似轻柔的窗帘，摇曳生姿。现在既没有叶子，也没有玫瑰花，玛丽不知道它们是死是活，但是那些灰色或咖啡色瘦削的枝桠看起来像是朦胧的披风，延伸到墙上，到树上，甚至到枯黄的干草上。就是这纠缠的一片，才让花园显得如此神秘。玛丽之前想，这里荒废了那么久，一定和其他花园大不相同，事实上，这里和玛丽见过的所有地方都不一样。

"真安静啊！"她小声说，"这么安静！"

她在片刻的等待中，聆听寂静。知更鸟飞回了树梢，一动不动，和寂静融为一体。它甚至都没有扑扇一下翅膀，就那样安静地坐着，看着玛丽。

"难怪这么安静，"她又悄声说道，"我可是十年来第一次在这说话的人哦。"

她轻手轻脚地从门边挪开，好像怕吵着谁似的。好在地上有草，走路不会发出声音。树丛间攀援的枝桠形成一个童话般灰色的拱门，玛丽从下面走过，抬头看着那些像胡须一样的玫瑰花枝："不知道这些树死了没有，"她说，"这是个没有生命的花园吗？我真希望它不是。"

她要是本的话，看一眼就能分辨出这些树是死是活。可她只能看到灰色或棕色的枝桠，连最小的嫩芽都没有。

不管怎样，她终于来到了这个神奇的花园。她可以随时穿过常春藤下的大门进来，她觉得她找到了一个完全属于自己的世界。

围墙内阳光灿烂，米瑟维斯特庄园上空的蓝色苍穹好像比荒原上的天空更加明亮、更加柔和。知更鸟从树梢上飞下来，蹦蹦跳跳，追着玛丽从一棵树飞到另一棵树。它唧唧喳喳地叫个不停，好像忙着向她展示婉转的歌喉似的。一切都如此神秘、安静，她好像远离人群，却一点也没有孤独的感觉。唯一困扰她的，就是希望自己能够分辨出玫瑰是死是活，或许有些还活着，等天气暖和了，就能长出叶子和花苞的。她不希望这个花园死气沉沉。如果这是个充满生命力的花园，那该多么神奇啊！成千上万朵玫瑰花会到处绽放的！

她进来的时候，把跳绳挂在了胳膊上，过了一会，她觉得可以走到哪里跳到哪里，看到感兴趣的就停下来看看。花园里的小路很多，都长着草，在一两个角落里，有的摆放着石椅，有的摆放着长满苔藓的花盆，看起来是凉亭。

她走到第二个凉亭时，停止了跳绳。那里曾经有一个花圃，黑色的泥土里冒出什么东西来，浅绿色的，尖尖的，几个小点点。她想起本·伍瑟斯塔夫说过的话，便蹲下来看了又看。

“嗯，就是这些小植物，可能是番红花，或者雪花莲，或者是水仙花。”她低声说。

她尽可能地挨近些，闻着泥土潮湿的新鲜气息。她太喜欢这味道了。

“也许其他地方也有呢，”她说，“我要四处走走，好好看看。”

她没有跳绳，而是直接走路了。她走得很慢，眼睛盯着地面。她仔细查看了花园边上的那些花圃，又看了看草地中间，任何一个地方都没放过。她走了一圈，发现有很多浅绿色的小点点，她又变得兴奋起来。

“花园还没有完全死掉，”她压着嗓门对自己喊道，“就算玫瑰花已经死了，还有其他东西活着呢。”

玛丽对园艺一窍不通，不过她觉得周围的杂草太多了，多得绿色的小点点都没有地方长大了。她找来找去，终于找到一块尖尖的木头，然后跪在那儿，把那些嫩芽周围的杂草挖出来或者拔出来，直到她觉得空间够大了为止。

“现在，它们看起来能自由呼吸了，”她把一块地的杂草都拔干净了，说道，“还有很多杂草要除掉。我要把我看见的杂草全部拔干净。

要是今天干不完，那我就明天继续干。”

她一个地方接着一个地方查看，又挖土，又拔草，一个花圃接着一个花圃，从草地到树下，干得不亦乐乎。劳动让她浑身发热，她先脱掉外套，然后把帽子也摘掉了，就这样，她一直低头看着草地和草地上浅绿色的小点点，微笑着。

知更鸟也很忙。它很乐于见到自己的地盘又种上花花草草了。它以前对本·伍瑟斯塔夫困惑不解，为什么耕种过的地方，就能从土里翻出很多好吃的东西呢？此时此地，这个小孩还不到本的一半身高，却知道跑到它的花园里，而且马上就开始干活了。

玛丽小姐一直在花园里干到中午才回去吃午饭。事实上，她很晚才想起自己还没吃饭呢。她穿上衣服，戴上帽子，捡起跳绳，不敢相信自己已经干了两三个小时了。她一直都非常高兴。原来在杂草堆里快要窒息的绿色小点点，现在生长在空地里，看起来要高兴两倍呢。

“我今天下午还要来。”她环顾着自己崭新的王国，对着树木和玫瑰花说道，好像它们能听懂似的。

然后，她轻轻地从草地上跑过，慢慢地推开古老的大门，从常春藤下溜走了。玛莎看到玛丽红扑扑的脸颊和明亮的双眼，午饭又吃得多，非常高兴。

“两块肉，还有两块布丁！”她说，“啊！妈妈要是知道跳绳对你有这么大的好处，一定很高兴。”

玛丽小姐挖地的时候，挖到了一块像洋葱一样的东西。她把它带了回来，轻轻拍掉上面的泥土，她想问问玛莎那究竟是什么。

“玛莎，”她问道，“这些像洋葱一样的白色东西是什么？”

“那叫球茎，”玛莎说，“春天的很多花朵都是从球茎里长出来的。那些小的是雪花莲和番红花，大点的是水仙和长寿花，最大的是百合和郁金香。啊！它们都那么漂亮！迪肯在我家花园里种了好多呢。”

“这些花迪肯都认得吗？”玛丽又想到一个新点子。

“我家迪肯能让石头墙里都长出花来。我妈妈说他只要对着地面小声说话，就能长出东西来。”

“球茎能活很长时间吗？要是没人照顾它们，它们也能一直活着吗？”

“它们生命力很强，”玛莎说，“所以穷人也能种球茎。如果你不管

“啊！它们都那么漂亮！

迪肯在我家花园里种了好多呢。”

它们，它们就钻到别的地方去了，从其他地方冒出来。公园树林里有一块地方，生长着成千上万棵雪花莲。春天的时候，那儿是约克郡最美丽的地方。没人知道那些花是什么时候种上的。”

“我希望春天现在就来，”玛丽说，“我想看看英格兰所有的花朵。”

吃过晚饭，玛丽就坐在壁炉旁她最喜欢的椅子上。

“我希望……我希望我有一把小铲子。”她说。

“你要铲子做什么？”玛莎笑着问道，“你要挖地吗？我得把这事儿告诉我妈妈。”

玛丽盯着壁炉，思索了一会。如果她想保护自己的秘密王国，就必须小心谨慎。她不想干什么坏事，但是如果克莱文先生发现花园门已经被打开了的话，他一定会暴跳如雷的，还会找把新锁，把门永远锁上。那样的话，她会无法接受的。

“这个地方太大、太孤独了，”她慢条斯理地说，似乎已经想好了，“房子空荡荡的，公园空荡荡的，花园也空荡荡的。很多地方都关着门。我在印度也没有很多事情做，但起码可以看到很多人，比如当地人啦，路过的士兵啦，有时还有演奏的乐队，奶妈也会给我讲故事。可是在这儿，除了你和伍瑟斯塔夫，没人跟我说话。你还要干活，本·伍瑟斯塔夫又不经常跟我说话。我想，要是我有一把小铲子，就可以像伍瑟斯塔夫一样，到处挖挖，如果他肯给我一点种子，说不定我也能有一小块花园呢。”

玛莎的脸上露出欢乐的神情。

“看看！”她欢呼道，“我妈妈也是这么说的。她说：‘你们那里那么大地方，为什么不给她一块地，哪怕是种点芹菜和萝卜也行啊。她挖挖地，除除草，肯定会很高兴的。’这是她的原话。”

“她真的这么说的吗？”玛丽问，“她知道的事情可真多啊，是不是？”

“嗯！”玛莎说，“就像她说的，‘一个女人要带大十二个孩子，没点见识可不行。养孩子跟学算术一样，都能把人训练得有见识。’”

“一把铲子多少钱？一把小铲子？”玛丽问道。

“嗯，”玛莎想了半天才说道，“在怀特村，有一个小杂货店，铲子、耙子、叉子一套卖两先令。干活足够了，挺结实的。”

“我兜里的钱足够了，”玛丽说，“莫里森太太给了我五先令，克莱文先生还让麦德洛克太太给了我一些钱。”

“他还记得给你钱?”玛莎大声问道。

“麦德洛克太太说，我每个星期可以花一先令，她每个周六把钱给我。但是我不知道怎么花。”

“天啊！你真有钱!”玛莎说，“你可以想买什么就买什么。我家小屋的租金才一先令三便士，那可是从牙缝里挤出来的钱呀。这倒让我想起了什么。”说着，她把手放在嘴唇上。

“什么?”玛丽着急地问。

“怀特的那家商店里还卖一包包的花种子，每包只要一便士，我家迪肯知道哪种种子开出来的花儿最漂亮，还知道怎么种。他每天都去怀特村好几回呢，就为了好玩。你会用打字机写信吗?”她突然问道。

“我会写信。”玛丽答道。

玛莎摇了摇头。

“我家迪肯只认得印刷体的字。如果你会打字，咱俩可以给他打一封信，让他去买点花园里需要的工具，再顺便带点种子回来。”

“哦！你真是个好人!”玛丽大声说，“你真好！我都不知道你这么好。我想我只要学一学，就会打字了。我们去找麦德洛克太太要支笔，再要点纸。”

“我自己就有点，”玛莎说，“是我自己买的，这样周末我就能给我妈妈写信了。我这就去拿。”说着她跑出房间，玛丽站在壁炉旁，拧着小手，高兴极了。

“要是我有小铲子了，”她低声说，“我就能把地铲得又软又好，把杂草都铲掉。要是有种子，我就能种上鲜花，花园就不会死气沉沉了，就会活过来了。”

那天下午，玛丽没有再出门。因为玛莎拿着笔、墨水和纸回来的时候，必须得在楼下擦桌子，还要收拾盘子。她去厨房时，麦德洛克太太也在那儿，又吩咐她干了点活。所以玛丽觉得她等了玛莎好久。接下来，就开始给迪肯写信了，这可是非常重要的工作。玛丽学的不多，因为她以前的老师太讨厌她了，不肯和她多呆。她拼写也不太好，不过尝试了一会，她发现自己就能打字了。于是玛莎说，玛丽写，于是就有了下面这封信：

亲爱的迪肯：

我希望你看到信的时候，一切都好，我在这里也很好。玛丽小姐有很多钱，你能不能去怀特镇，帮她买点鲜花种子和整理花圃用的工具？挑那些最漂亮、容易种的种子，因为玛丽以前没干过活，她以前在印度居住，印度和我们这儿不一样。请向妈妈和兄弟姐妹们转达我的爱。玛丽小姐会告诉我更多她的故事的。这样，下次回家，我就能跟你们讲大象、骆驼和军官打老虎狮子的故事了。

爱你的姐姐

玛莎·菲比·索尔比

"咱们把钱装在这个信封里，我让屠夫的儿子随车带上。他是迪肯的好朋友。"玛莎说。

"迪肯买好了之后，怎么给我呢？"

"他自己给你带过来。他一定很乐意跑一趟的。"

"天啊！"玛丽欢呼道，"那我就能看见他了！我没想到我还能看见迪肯。"

"你想见他？"玛莎看到玛丽这么高兴，突然问道。

"嗯，我想。我还没见过连狐狸和乌鸦都喜欢的男孩呢。我非常想见他。"

玛莎有些吃惊，好像忽然想起了什么似的。"我想起来了，"她突然说，"我差点就忘了。我本来早上一来就要告诉你的。我问过妈妈了，她说她自己会和麦德洛克太太说的。"

"你是说——"玛丽迫不及待地问道。

"就是我周二的时候说的事情啊。就是问她能不能哪天带你坐车去我家，尝尝妈妈做的热腾腾的燕麦面包，还有黄油，还可以喝上一杯牛奶。"

好像所有有趣的事情都赶在一天发生了一样。想想白天穿越荒原，想想蓝色的天空，想想挤了十二个孩子的小屋子！

"她觉得麦德洛克太太能让我去吗？"她紧张地问。

"嗯，我妈妈觉得能。她知道妈妈爱干净又能干，总把家里收拾得干干净净的。"

"要是我去了，我就能看到你妈妈和迪肯了，"玛丽想了又想，十分开心，“她和印度的妈妈们不一样。”

在花园里忙活了一上午，下午又兴奋不已，现在玛丽终于安静了下来，一副若有所思的样子。玛莎一直陪着她到午茶时间，她们舒服地坐着，但是没说几句话。玛莎下楼去端茶的时候，玛丽问了她一个问题。

“玛莎，”她说，“那个洗碗的女佣今天又牙疼了吗？”

玛莎显然有些吃惊。

“怎么想起来问这个呢？”她说。

“因为刚才我等了你好久你都没回来，我就推开门，到走廊里去了。我又听见那哭声了，好像从远处传来似的，就像我前两天晚上听见的一样。今天一点风也没有，所以不可能是刮风的声音。”

“哦！”玛莎不安地说，“你不要在走廊里乱走瞎听。克莱文先生会生气的，他一生气，谁也不知道他会怎么对你。”

“我不是故意听的，”玛丽说，“我只不过是在等你，然后我就听见了。我已经听见过三次了。”

“我的天啊！麦德洛克太太摇铃了。”玛莎几乎是一路小跑着出去的。

“这真是最奇怪的房子。”玛丽懒洋洋地说，脑袋枕着沙发的靠垫。新鲜的空气，加上跳绳和除草，一阵倦意向她袭来，她就那样舒舒服服地睡着了。

第十章

迪　　肯

几乎整整一个星期，太阳都照耀着秘密花园。“秘密花园”这个叫法是玛丽自己想出来的。她喜欢这个名字，她更喜欢一个人躲在秘密花园里，被古老而美丽的围墙包围着的感觉，好像在童话世界里一样。她最喜欢的、为数不多的几本书都是童话书，里面就讲到过秘密花园。在书里，有些人会跑到秘密花园，睡上个一百年，她觉得那些人真是太蠢了。她可不想睡觉。其实，在米瑟韦斯特庄园，她变得一天比一天清醒。她开始喜欢在户外活动；也不再讨厌风儿，相反，她喜欢吹风。她现在跑得越来越快，越来越远，还能跳一百下绳。秘密花园里的球茎一定会大吃一惊的，因为玛丽已经在它们周围清理出一大片空地，它们可以尽情呼吸了。玛丽小姐还不知道，球茎已经在黑暗的泥土中欢呼雀跃、长势喜人呢。它们享受着阳光雨露的滋润，充满了生命的活力。

玛丽是个性情古怪、态度坚决的小孩，现在，她便是这样的兴致盎然、专心致志。她有条不紊地刨土、除草，越干越来劲，毫不泄气。在她看来，这就像一场令人心醉神迷的游戏。她总能意外地发现很多浅绿色的嫩芽，它们似乎四处蔓延，每天都有新的小嫩芽冒出，有些小到几乎刚露出地面，而且数目众多，让她想到玛莎说过的“成百上千的雪花”和蔓延的球茎。十年了，它们在这里自生自灭，也许，它们也像漫天飘落的雪花一样，盛开成一片花海。她想，什么时候它们才能有点花的样子呢。有时候，她也会停下来，望着花园，想象着鲜花盛开的样子。在天气好的那个礼拜，她和本·伍瑟斯塔夫越来越熟，好几次她好像突然从地底下冒出来似的，出现在本的身边，把本吓了一跳。其实，她不过是害怕，害怕本一见到她来就收拾东西走开，所以才蹑手蹑脚地走过来。事实上，本已经不像最初那么讨厌她了，玛丽那么渴望和他这个老头在一起，可能这股殷勤劲儿让他感动了。而且，玛丽也比以前更有礼貌了。她第一次见到本的时候，说话的口气就好像是对待一个印度仆人，她不知道，像本这样坏脾气的约克硬汉，绝不会向主人低声下气，也不会接受命令干这干那的。

“你真像那只知更鸟，”一天早晨，他一抬头就看见玛丽站在身边，笑着说，“不知道什么时候就冒出来了。”

“知更鸟现在是我的朋友了。”玛丽说。

“它就是这样，”本打断说，“虚荣又轻浮的小家伙，就愿意和姑娘们交朋友。为了炫耀它的羽毛，什么事儿都干得出来。骄傲得尾巴快要翘到天上去了。”

他平时话很少，有时玛丽问他问题，他也只是哼一声。但是那天早上，他打开了话匣子，说了不少。他站起身来，一只脚踩在铁锹上，上下打量着玛丽。

“你来这儿多久了?”他问。

“我想差不多有一个月了。”她说。

“你呀，你来米瑟韦斯特庄园以后好多了，”他说，“你比以前胖了点，脸也没那么黄了。你刚进这个花园时，看起来就像个没毛的小乌鸦。我心里想啊，这辈子还没见过这么难看的小孩呢。”

玛丽并不是一个在乎外表的虚荣小孩，所以听了本的话，也没有生气。

“我知道我胖了，”她说，“我的袜子都比以前紧了。以前的袜子都松得打摺。知更鸟来了，本。”

看！知更鸟真的来了。玛丽觉得它比以前更好看了。红色的胸脯像丝绸一样光滑。它拍打着翅膀，晃动着尾巴，歪着脑袋，蹦蹦跳跳，动作活泼而优雅。它一心想让本夸它几句，可本却依然对它冷嘲热讽。

“哈哈，你来了!”他说道，“你是找不到更好的，所以才偶尔来看看我，对吗？这两个星期，你的羽毛更亮了，胸脯更红了。我知道你在打什么主意。你肯定是在哪个地方，向年轻的姑娘求爱吧！还吹嘘自己是米瑟韦斯特庄园上最帅气的知更鸟；吹嘘自己要打败所有的对手，是这样的吗?”

“看！快看它!”玛丽喊道。

知更鸟的样子的确迷人。它蹦蹦跳跳地越走越近，眼睛盯着本·伍瑟斯塔夫，然后，它又飞到最近的一棵板栗树上，歪着脑袋，唱起了小曲。

“甭以为这样我就能消气了，”本一脸皱纹，不想给知更鸟好脸色看，“你觉得自己最了不起？你想得美。”

知更鸟张开翅膀——玛丽几乎不敢相信自己的眼睛——它径直飞到本的身边，停在铁锹把手上。本那张皱巴巴的脸慢慢变了表情。他一动不动，连大气也不敢出，似乎无论如何也不会动一下，唯恐吓走了他的知更鸟。他轻声细语地说道：“好吧，是我该死。”他口气温柔，好像说的不是骂人的话，“你确实厉害。你懂的真多。”

他还是纹丝不动地站着，直到知更鸟拍拍翅膀飞走了，他才敢喘气。然后，直直地就站在那里，盯着铁锹的把手，好像上面有魔法似的，过了一会才又开始刨土，好几分钟都一声不吭。

不过，他时不时会露出笑容，所以玛丽还是大着胆子和他说话。

“你有自己的园子吗？”

“没有。我是个单身汉，现在住在门口的马丁家里。”

“如果你有个园子，”玛丽问道，“你会种些什么？”

“卷心菜、马铃薯和洋葱。”

“假如你有一个花园，”玛丽坚持问道，“你会种什么？”

“球茎，还有闻起来很香的花儿，不过，最可能的是玫瑰。”

玛丽眼前一亮。

“你喜欢玫瑰吗？”她问。

本连根拔起一棵杂草，把它扔到一边，然后回答道：

“恩，我喜欢玫瑰。我以前给一位年轻的女士做园丁，她教会我如何欣赏玫瑰。她在花园里种了很多玫瑰花，像爱护孩子和知更鸟一样爱护它们。我曾经看见她弯腰亲吻玫瑰。”他又拽起一根杂草，用力地扔在一旁，“不过那是十年前的事了。”

“她现在在哪？”玛丽很感兴趣地问。

“天堂，”他说道，把铁锹深深地铲进土里，“人们是这样说的。”

“那些玫瑰花呢？”玛丽又问道，比以前兴趣更大。

“自生自灭。”

玛丽激动极了。

“它们死了吗？玫瑰花没人管会死掉吗？”玛丽问道。

“恩，我喜欢玫瑰，是因为她喜欢玫瑰，而我又喜欢她，”本不情愿地承认道，“一年有一两次，我会去给玫瑰剪剪枝，翻翻土。虽然荒芜了，不过好在土壤肥沃，所以还有些玫瑰没死。”

“如果玫瑰树没长叶子，看起来灰突突的，枯黄干燥，怎么才能分辨它们是死是活呢？”玛丽问道。

“等待。等春天来了，阳光照耀，雨水灌溉，你就会知道了。”

“怎么知道呢？怎么知道呢？”玛丽喊道，忘记了要小心为上。

“你要观察那些细枝和树枝，如果看到有棕色的小鼓包出现，下雨后再去看，你就知道了。”他突然停下来，好奇地看着玛丽急切的脸蛋，“你怎么突然对玫瑰这么关心了？”他问道。

玛丽觉得脸红得发烧，她甚至不敢说话了。

“我……我……我想假装自己有个花园，”她说道，“我没什么事做，也没有人陪我。”

“这样啊，”本一边慢慢地说道，一边看着她，“你说的没错，你是啥也没有。”

他说话的口气如此古怪，以至于玛丽怀疑他是不是有点替她难过了。不过她从来没觉得自己可怜过，充其量不过是感到厌倦或者愤怒，因为她一直厌恶人群和事物。不过现在，整个世界好像越来越友好了。如果没人发现秘密花园，那她就能一直独自享有了。

玛丽在本身边呆了十几分钟，大着胆子问了很多问题。本也以自己奇怪的方式咕哝着一一作答，没生气也没扛起铁锹转身离开。她正要走的时候，突然想起他说过的以前钟爱的玫瑰花。

“你去看过那些玫瑰花了吗？”她问。

“今年还没有，我风湿病犯了，关节僵硬。”

他嘟嘟囔囔地说着，突然就好像对玛丽很生气似的，虽然她不知道自己怎么惹着他了。

“你看看！”他严厉地说，“问了这么多问题，我还没见过你这样如此讨厌的小姑娘！过去自己玩，我不想说话了。”

看他怒气冲冲的样子，玛丽知道自己该走了。她慢慢地跳到外面的小路上，脑袋里却不停地想着本的样子，他虽然性格古怪，脾气急躁，可玛丽还是忍不住喜欢他。是的，她确实喜欢老本·伍瑟斯塔夫，她总是想尽办法和他说话，而且她更加相信，本对花花草草的一切都了如指掌。

秘密花园的周围有一条月桂树环绕的小径，通向花园里的一片树林。玛丽想沿着小路到树林里看看有没有小兔子。她一路跳着来到小门前，忽然听见一声低沉而奇特的声音，便开门走了进去，想去看看究竟怎么回事。

果然是很奇怪的事情。她停下一看，瞬间屏住了呼吸。一个男孩正背靠大树而坐，吹着一个木制的粗糙的笛子。他大概十二岁，长相滑稽，看起来很干净，鼻子上翘，脸颊像罂粟花般红扑扑的，玛丽从没见过哪个男孩像他一样长了一双那么蓝的眼睛。男孩靠在树桩上，一只棕色的松鼠紧紧贴在他的身边，温柔地望着他，树丛后面，一只雄性野鸡小心翼翼地伸长脖子张望着，还有两只坐着的兔子谨慎地嗅着，事实上，这些小动物好像都靠在男孩身边，看着他，听着小笛子里发出奇怪的声音。

这时，他看见了玛丽，挥手示意了一下，并且用一种几乎和笛声一样低沉的声音说道："别动，你会吓着它们的。"玛丽一动不动。他不吹笛子了，从地上站起来，慢慢地走过来，慢得你都感觉不到他在移动，不过最后他还是站起来了。松鼠跑回了树林，野鸡缩回了头，兔子吓得跳走了。不过，看样子，它们并没有受到惊吓。

"我是迪肯，"男孩说，"我知道，你就是玛丽小姐。"

这时，玛丽意识到，其实她早就应该想到这男孩就是迪肯。毕竟，还有谁能像印度的驯蛇人一样，征服这些兔子和野鸡呢？他宽阔、弯曲的红色嘴唇挂着一抹微笑，脸上也绽放出笑容。

"我必须慢慢地站起来，"他解释道，"如果动作太快，会吓到它们的。小动物在身边的时候，你必须轻轻地小声说话。"

他说话的样子好像他们已经认识了很久，而非从未谋面。玛丽对男孩子一无所知，因为害羞所以口气有点生硬。

"你收到玛莎的信了吗？"她问道。

他一头锈色的卷毛，点了点头："收到了，所以我就来了。"

他蹲下去，从地上捡起一样东西，刚才吹笛子时这个东西就在那。

"我把工具都带来了，有小铁锹、耙子、叉子和锄头，都是很好用的工具。你看，这还有个泥铲。我买种子的时候，铺子里卖货的女人还往我包里扔了白色罂粟和蓝色飞燕草的种子。"

"能给我看看这些种子吗？"玛丽问。

她多希望自己能像迪肯一样，说话简洁而干脆，一听就知道他喜欢你，而且毫不怀疑你也会喜欢他，尽管他只是荒原上一个普通的男孩而已，穿着打补丁的衣服，长着一张滑稽的脸蛋和一头绣红色的卷发。玛丽靠近他的时候，能感觉到他身上散发出一股石楠花和青草的清新气息，好像他自己就是这些花草。她真是太喜欢这味道了。她望着他红扑扑的面颊和蓝色的眼睛，不知不觉就忘了害羞这码事了。

“我们坐在这个木头上看吧。”她说。

他们坐下来。迪肯从衣服口袋里掏出一个鼓囊囊的棕色小纸袋子，他打开袋子，里面整整齐齐地放了很多小袋子，每个上面都画着花朵的图案。

“这里有很多木樨草和罂粟花种子，”他说，“木樨草生长的时候，味道最好闻了，而且不管种在哪，都会长得很好，和罂粟花一样。就算你只是跟它说说悄悄话，它也会开花。它们最好了。”他扭过头，红色的面颊绽放出喜悦的神情。

“那只知更鸟呢？它好像在和我们打招呼。”他问。

从绯红的浆果点缀着的茂密的冬青树丛中，传来鸟儿的啼叫声，玛丽知道这是谁的声音。

“真的是在叫我们吗？”她问。

“是的，”迪肯说，好像这是再自然不过的事情，“它在找朋友呢，就好像在说：‘我在这呢，看看我，跟我聊聊。’它在树丛里。它是谁的鸟啊？”

“他是本·伍瑟斯塔夫的鸟，不过我想它也认识我。”玛丽说。

“嗯，它确实认识你，”迪肯低着声音说，“而且还很喜欢你呢。它马上就会把你的事情都告诉我。”

他以极慢的速度挪到树丛旁，然后发出了和知更鸟的叫声几乎一样的声音。知更鸟认真地听了几秒钟，然后好像回应他似的叫了起来。

“嗯，它是你的朋友。”迪肯咯咯地笑着说。

“你真这么认为？”玛丽急切地喊道，她太想知道了，“你觉得它真喜欢我吗？”

“如果不喜欢你，它就不会靠近你了，”迪肯说，“鸟儿都是很挑剔的，它比人类更挑三拣四。你看，它要和你和好呢？你没听见它说‘你没看见我吗？’”

玛丽越看越觉得真是这样的。它从树丛上一点点慢慢地跳过来，叽叽喳喳地叫着。

“鸟儿说的每句话你都能听懂吗?”玛丽问。

迪肯笑了,嘴巴咧得好像整个脸上都是那张红色的宽嘴唇,他揉了揉脑袋。

“我觉得我懂,它们也觉得我懂,”他说,“我和它们在荒原上生活很久了,我看着它们孵出蛋壳,羽毛渐渐丰满,又学会飞翔和唱歌,我甚至觉得自己就是它们的一员。有时候,我觉得自己是只鸟,或者是只狐狸、兔子、松鼠,甚至是一只甲壳虫。我也搞不清楚了。”

他哈哈大笑着回到木桩旁边,又开始谈论起鲜花种子。他告诉玛丽种子发芽后都是什么花,如何种花、观察,如何施肥和浇水。

“看这儿,”他突然转过头,看着她说,“我替你种这些花吧。花园在哪?”

玛丽瘦削的双手放在膝盖上,不安地绞在一起,因为不知如何开口,所以整整一分钟都一言不发。她从没想过这点,她感到苦恼极了,脸色红一阵白一阵的。

“你有个小花园,不是吗?”迪肯问道。

玛丽的脸色由红变白。她一声不吭,迪肯开始困惑了。

“他们不肯给你吗?”他问道,“你到现在还没有吗?”

她把手握得更紧了,眼睛看着他。

“我不了解你们男孩子,”她慢慢地说道,“如果我告诉你一个秘密,你能答应我,不告诉别人吗?是天大的一个秘密。如果被别人发现了,我该怎么办啊!我觉得我会死的!”最后一句话她说得很严厉。

迪肯看上去更加迷惑不解了,他用手摸着乱七八糟的头发,不过还是脾气很好地回答道:“我会一直保守秘密的,”他说,“如果我把关于小狐狸、鸟窝和野生动物的巢穴的秘密都告诉其他家伙的话,这荒原上就没安全的地方了。你放心,我能保守秘密。”

玛丽不自觉地伸出手,拽住他的袖子。

“我偷了一个花园,”她说得很快,“花园不是我的,也不是任何人的。这个花园没人想要,没人关心,也没人进去。里面的植物可能都已经死了。我也不清楚。”

她开始觉得烦躁,像以前一样别别扭扭的。

“我不管!我不管!谁也没权利把花园从我这儿抢走!他们都不关心花园,把花园关着,让它自生自灭。只有我在意花园。”说到最后,她变得很激动,用胳膊捂着脸,哭了起来。

迪肯好奇地瞪着蓝色的眼睛。"啊——"他这声惊叹拉得又长又慢，充满了惊讶和同情。

"我无事可做，"玛丽说，"又一无所有。我自己发现了花园，自己进去的。我只不过像那只知更鸟一样，而他们不会抢知更鸟的花园。"

"花园在哪儿？"迪肯低声问道。

玛丽立刻从树桩上站起来。她感到自己又变得固执而倔强，像个印度主人一样，专横，暴躁而忧伤，不过她不在乎。

"跟我过来，我给你看。"她说。

她领着他绕过月桂小径，来到长满茂密常春藤的路上。迪肯跟着她，脸上露出奇怪、甚至是同情的表情。他感觉好像是在去某个鸟儿的巢穴一般，每一步都走得很轻。这时，玛丽走到墙边，拨开垂下来的常春藤，眼前出现一扇大门，玛丽慢慢地推开门，他们一起走了进去。玛丽站在那儿，冲着他用力地挥手。

"就是这儿，"她说，"这就是那个秘密花园，而我，是这个世界上唯一希望它活过来的人。"

迪肯朝四周望了又望。

"啊！"他低声说道，"真是个奇怪而又美丽的地方！好像在梦里一样。"

玛丽瘦削的双手放在膝盖上，
不安地绞在一起，
因为不知道如何开口，
所以整整一分钟都一言不发。

第十一章

斛鸫的窝

玛丽看着迪肯，足足有两三分钟，他就站在那里张望，然后才轻轻地走过去，甚至比玛丽第一次闯进花园时还要小心翼翼，周围的一切都逃不过他的眼睛——灰色的爬山虎爬过灰色的树木，从树枝上垂下来。草地上乱成一团，绿色的凉亭里种着很多高高的花朵。

"我从没想过我会来到这里。"后来，他小声说。

"你知道这里？"玛丽问。

她声音很大，迪肯示意她小点声。

"咱俩必须小点声，"他说，"否则被人听见了，会发现这里的。"

"啊，我忘了！"玛丽吓得赶紧用手捂住嘴巴，"你知道这个花园？"她缓过神来，又问了一遍。

迪肯点点头。

"玛莎跟我说过，有个花园一直没人进去过，"他说，"我们以前常常想花园到底是什么样的。"

他停下来，看着四周乱成一团的灰色树木，圆圆的眼睛里露出喜色。

"啊，一到春天，这里可是个好地方，"他说，"这里将是全英国最安全的巢穴，没人知道这里还有树木和玫瑰。我猜，就连荒原的小鸟也不在这筑巢。"

玛丽又不自觉地把手放在他胳膊上了。

"会有玫瑰花吗？"她小声问，"你知道吗？我觉得玫瑰花可能都死掉了。"

"哦，不！还有活的，你看！"他说道。

他走到最近的一棵树旁，这棵树苍老的树皮上全是灰色的青苔，树枝纠结成乱乱的一片。他从兜里掏出一把小刀，打开。

"有很多树枝都该砍掉了，"他说，"这里有很多树枝已经死掉了，不过也有新鲜的嫩枝，这几个就是。"他伸手碰了碰旁边新绿的小苗，看起来跟其他干燥灰色的树枝截然不同。玛丽也小心翼翼地碰了碰，甚至带着一丝恭敬。

“那个呢？”她说，“那个树枝是活的吗？”

迪肯翘着嘴角微笑着。

“它就像咱俩一样活络。”他说道。玛丽记得玛莎说过“活络”这个词儿，和“活泼”、“有活力”一个意思。

“我很高兴它是活络的！”她小声说道，“我希望它们都是活络的。咱们在花园走一圈，看看有多少树枝还活络着呢。”

她很兴奋，连呼吸都有些急促，迪肯也和她一样。他们走过一棵棵树，一片片树丛。迪肯手里拿着小刀，不停地向玛丽展示着新奇的东西。

“这里都荒芜了，”他说，“但是，那些生命力顽强的还是挺了过来。娇弱的就死掉了，活下来的就一直生长，一直繁衍，真是个奇迹。看这！”他抓过一个灰色的干枯树枝，“人们可能觉得这已经死了，可我不信，根还没死，我给你割开看看。”

他跪下来，用刀割开看起来已经死掉的树枝。

“看！”他喊道，“我早就告诉过你。这棵树还没死，看这儿！”

没等他说完，玛丽就蹲了下来，全神贯注地盯着看。

“如果看起来已经冒了绿芽，而且有水分的话，就说明还活着，”他解释道，“不过，如果像刚才我割开的那个一样，里面都干了，而且很容易折断，就是死掉了。瞧，这就是那个大树根，所有的树枝都是从这里长出来的。看这里——”他停下来，仰头看着上面摇曳的树枝，说道，“今年夏天会有一大片玫瑰花的。”

他们走过一片片树丛，一棵棵树。迪肯身体结实，而且很会用刀，知道如何割掉干燥和枯萎的树枝，还能分辨大树枝和小树枝是否还有生命力。过了半小时，玛丽觉得自己也能看出来了。当迪肯割开一个个看起来死气沉沉的树枝，从里冒出潮湿的绿芽时，她总是惊喜地小声惊叹。铁锹、锄头和叉子都派上用场了。迪肯用铁锹在树根旁边铲土，并告诉玛丽如何用叉子。

他们围着一棵最大的玫瑰树卖力地干活，这时，迪肯不知道看见了什么，惊讶地喊了起来。

“天啊！”他指着几英尺外的草地说道，“那是谁干的？”

那边，浅绿色的植物周围，有一块小小的空地。那是玛丽自己弄的。

“我弄的。”玛丽说。

“天啊！我原来还以为你根本不知道怎么干园艺活呢。”

“我确实不知道，”她说，“不过我看它们那么弱小，而旁边的草地又厚又重，我怕它们没地方呼吸了，所以就给它们清理一片空地。我甚至不知道它们都是什么。”

迪肯走过去，微笑着跪在它们旁边。

“你做得对，”他说，“园丁就是这么做的。现在它们会像杰克的魔豆一样长大的。这些是番红花和雪莲花，那边是水仙，”他又转到旁边，“这些是雏菊。以后这里会漂亮极了。”

他又跑到另一片空地。

“你这么瘦小，却干了这么多活，真厉害啊！”他看着她说道。

“我长胖了，”玛丽说，“而且强壮了。以前，我总是没精打采，不过现在刨土干活我都不累，我喜欢翻土时泥土的味道。”

“这对你有好处，”他认可地点点头，“除了雨水打落在生长的植物上的气息，还有什么能比新鲜的泥土更好闻呢？一到下雨天，我就跑到荒原上，躺在树丛下，听雨水打落在石楠花上，发出嗖嗖的声音，我就吸着鼻子不停地闻，我妈妈说，我的鼻子好像兔子一样，抽个不停。”

“你不感冒吗？”玛丽好奇地看着他问道。她以前从没见过这样好玩而和气的男孩。

“我不感冒，”他说，“从出生到现在，我从没害过感冒。我一点也不娇生惯养，像兔子似的无论什么天气都跑到荒野上玩。我妈妈说我十二年来把新鲜空气呼吸得太多了，所以把感冒都赶跑了。我就像一个白色的刺球一样强壮。”

他一边干活一边说话，玛丽跟着他，给他递递叉子和泥铲什么的。

“要干的活太多了！”他欢快地说道。

“你下次还来帮我吗？”玛丽求着他，“我保证我也能干活。我可以挖土、除草，你让我干什么我就干什么。你来吧，迪肯，一定要来啊。”

“你要是需要，我就天天来，不管刮风下雨。”他爽快地答应了，“这是我干过的最好玩的事了，关在这里，让一个花园复活。”

“如果你能来，”玛丽说，“如果你能帮我复活这个花园，我会——我也不知道我能做什么。”她无助极了，她能为迪肯这样的男孩做什么呢？

“我来告诉你该做什么，”迪肯笑着说，“你要再变胖点，然后就像小狐狸似的爱吃饭，还要学会怎么跟知更鸟说话，就像我一样。啊！可干的事情太多了。”

他开始四处走，若有所思地抬头看看树木，看看围墙，看看树丛。

“我不想让这里像别的花园一样整整齐齐的，”他说，“就像现在这样，摇曳生姿的就很好。”

“我们不要把这里弄整齐，”玛丽紧张地说，“要是整齐的话，就不像是秘密花园了。”

迪肯站在那，揉着乱七八糟的红头发，表情有点困惑。“这里是个秘密花园没错，”他说，“不过好像除了知更鸟，十年来应该也有别人进来过。”

“但是门是锁着的，而且钥匙也被埋起来了，”玛丽说，“没人能进来。”

“你说的对，”他说，“这地方真奇怪。但看起来，十年前这里关闭之后，好像有人进来整理过。”

“怎么会呢？”玛丽说。

他查看了一个玫瑰树枝，然后摇了摇头。

“是啊！不可能的。”他小声嘀咕，“这里的门都锁上了，钥匙也埋起来了。”

玛丽总觉得，不管过去多长时间，她永远都不会忘记她的花园开始生长的那天早晨。就是在那天早晨，花园才开始复活的。当迪肯开始清理空地种种子时，玛丽想起了巴兹尔嘲笑她时唱的那首歌。

“有没有长得像铃铛一样的花？”她问道。

“有，山谷里的百合，”他用铲子挖土，说道，“还有风铃草。”

“我们种点这些花吧。”玛丽说道。

“已经有山谷百合了，我看见了，它们挨得太近了，得把它们分开点种。其他的花要两三年以后才能开花呢。不过，我可以从我家花园里带点别的种子。你为什么想种这些长得像铃铛的花？”

玛丽就把她在印度时，巴兹尔和他的兄弟姐妹唱歌嘲笑她的事说了，还有她有多么讨厌他们叫她“倔犟的玛丽小姐”。她说：“他们

总是围着我跳舞，还唱歌嘲笑我，

玛丽小妞真倔犟
你的花园怎么样
银色铃铛小贝壳
金盏花儿排成行

从那时我就知道了，原来还有长得像银色铃铛一样的花。”

她皱着眉头，闷闷不乐地用铁锹挖了一下土。

“我才不像他们说得那样犟呢。”

迪肯哈哈大笑起来。

“啊！”玛丽见他把黑色的泥土捏碎又吸着鼻子闻，“要是你身边有这么多花花草草，还有小动物把这当成自己家似的跑来跑去，在这筑巢，唱歌，你干吗还要那么犟呢？”

玛丽手里攥着花种，跪在迪肯身边看着他，也不皱眉头了。

“迪肯，”她说，“玛莎说的没错，你真是个好人，我喜欢你。现在我有五个喜欢的人了，我从没想过我会喜欢五个人这么多。”

迪肯伸直了身子坐着，好像玛莎每次擦拭壁炉时一样。玛丽看着他圆圆的蓝色眼睛，红色的双颊和微微上翘的鼻子，觉得他还真是个好笑又快乐的人。

“你只喜欢五个人？”他说，“那其他四个人是谁？”

“你妈妈，玛莎，”玛丽数着手指说，“知更鸟，还有本·伍瑟斯塔夫。”

迪肯笑得太厉害了，不得不捂住嘴巴才停下来。

“我知道，你觉得我是个奇怪的家伙，”他说，“其实，要我看啊，你才是我见过的最奇怪的小孩呢。”

这时，玛丽做了件奇怪的事情。她探身过去，问了一个她从未想过会向别人发问的问题，而且还努力用约克口音说话。因为在印度，如果你用印度当地口音说话，他们就会很开心。

“你稀罕我吗？”她问。

“当然了！”他发自内心地说，“我稀罕你啊。我非常喜欢你，我相信知更鸟也和我一样，非常喜欢你。”

“那就是有两个人了，”玛丽说，“有两个人喜欢我。”

然后他们就开始更卖力、更欢快地干活了。当玛丽听到院子里传来的钟声，才伤心地发现已经到了吃午饭的时间了。

“我得走了，”她悲伤地说，“你是不是也要走了？”

“我带着吃的呢，”他说，“我妈妈总是在我兜里放些吃的。”

他捡起草地上的外套，从兜里掏出一块有点粗糙、但是洗得干干净净的蓝白相间的手帕，手帕里面是两片面包，中间夹了东西。

“通常就是面包，”他说，“不过，今天我在里面放了片好吃的培根。”

玛丽觉得这是很奇怪的一顿饭，可迪肯已经开始吃起来了。

“快回去吃饭吧，”他说，“我先吃了。回家前我得多干点活。”

他背靠着一棵树，坐了下来。

“我会把知更鸟叫过来，”他说，“给它吃点面包片和培根。它可喜欢吃肉了。”

玛丽不敢离开他。突然之间，玛丽觉得迪肯好像是树林里的精灵，她生怕等她回来的时候，他已经消失不见了。他太好了，几乎不像是真的。她慢慢地朝门走着，走到一半，又停下来，回头看了一眼。

“你能不能保证，不管发生什么事，都不会把这里的事情说出去？”她说。

他红红的腮帮子被一大口面包和培根塞得满满的，不过还是很肯定地冲她笑着说，：“如果你是个槲鸫，把你的窝告诉我了，你觉得我会告诉别人吗？”他说，“你就像槲鸫一样安全。”

于是，她相信，自己的确是安全的。

第十二章

“我能要一块地吗？”

玛丽一口气跑回房间，累得上气不接下气，头发皱巴巴地贴在额头上，脸颊也冒着红光。桌子上已经摆好了午饭，玛莎正在等着她。

“你回来得有点晚，”她说，“你去哪儿了？”

“我看见迪肯了！”玛丽说，“我看见迪肯了！”

“我知道他来了，”玛莎欢快地说，“你喜欢他吗？”

“我觉得……我觉得他真帅！”玛丽肯定地说。

玛莎看起来很高兴，不过也很意外。

“嗯，”她说，“他是我们家最好的孩子，不过，没有人觉得他帅气啊。他鼻子太翘了。”

“我喜欢他的翘鼻子。”玛丽说。

“他眼睛也太圆了，”玛莎有点怀疑，“尽管颜色很好看。”

“我喜欢圆眼睛，”玛丽说，“而且他的眼睛和荒原上的天空是一个颜色。”

玛莎心满意足地笑了。

“妈妈说，因为他总是盯着天空中的云朵和小鸟看，所以眼睛也变成了蓝色。不过他嘴巴太大了，你不觉得吗？”

“我喜欢大嘴巴，”玛丽固执地说，“我希望我的嘴巴也长成那样。”

玛莎高兴地咯咯直笑。

“可是，那么大的眼睛长在那么小的一张脸上，就显得很滑稽了，”她说，“不过，我早就想到了，你会喜欢他的。你喜欢那些种子和工具吗？”

“你怎么知道他带了那些东西？”玛丽问。

“啊！我知道他一定会带来的。只要他在约克郡买到了，他就一定会带来的。他是个信得过的小孩。”

玛丽担心她会提一些难以回答的问题，幸亏她没有继续问。玛莎一门心思，只惦记着鲜花种子和工具。只有一次，玛莎问她要把种子种在哪里时，她才有点害怕。

“你问过别人了吗？”玛莎问。

“我还没问别人。”玛丽犹豫地说。

“嗯，要是我的话，我是不会去问大园丁的，他架子有点大，我是说洛奇先生。”

“我没见过他，”玛丽说，“我只见过菜园的园丁，还有本·伍瑟斯塔夫。”

“如果我是你，我就去问本·伍瑟斯塔夫。”玛莎给她出主意，“他虽然脾气不好，不过，他不像看起来那么坏。克莱文先生允许他干自己喜欢的活，因为夫人在世的时候本就在这里，他能让夫人开心。夫人喜欢他。他也许会给你一块空地种花。”

“如果有一块地方，很偏僻，没人理会，那就给我吧，不会有人反对吧？”玛丽紧张地问道。

“没理由反对啊，”玛莎说，“这么做反正也没有什么坏处。”

玛丽急匆匆地吃完了午饭，从桌子旁站起来，正要跑回房间戴帽子，玛莎叫住了她。

“有件事要告诉你，”她说，“我觉得我该让你吃完饭再说。克莱文先生今天早上回来了，他想见你。”

玛丽脸都变白了。

“天啊！”她说，“怎么这样！怎么会这样！我刚来的时候他不想见我。我听皮切尔说他不想见我。”

“嗯，”玛莎解释道，“麦德洛克太太说这是因为我妈妈。她那天在去怀特村庄的路上遇见克莱文先生了。她之前从没和他说过话，不过克莱文夫人曾经到我们村里来过两三次，他不记得了，但是我妈妈没忘。然后，她大着胆子拦住了他。我不知道她和先生说了什么，才让他决定出门前见见你。他明天就走了。”

“噢！”玛丽喊道，“他明天就走了吗？太好了！”

“他要出去很长时间，可能要到秋天甚至冬天才能回来。他要去国外旅行了，他经常这样。”

“噢！那太好了！我太高兴了！”玛丽谢天谢地。

如果他到冬天才回来，或者秋天也好，她就有时间看着秘密花园复活了。即使到时候被发现了，花园被抢走了，至少她也得到了一些收获。

“你觉得他想什么时候见……”

她还没说完，门就开了，麦德洛克太太走了进来。她穿着自己最精美的黑色裙子，戴着帽子，衣领上别着一枚男士头像的胸针。胸针上的头像是麦德洛克先生在世时的彩色照片。每逢她盛装出席，总是要戴上这枚胸针。她看起来既紧张又兴奋。

“你头发乱了，”她急急忙忙地说，“快去梳梳头发。玛莎，帮她穿上最好的衣服。克莱文先生让我带她去书房。”

玛丽粉红色的面颊一下子就变得黯淡无光了。她感到心脏好像被人重重敲了一下，自己又变回原来那个拘谨、普通而沉默的小孩。她甚至没理会麦德洛克太太的问话，就转身走回自己的房间，后面跟着玛莎。换衣服、梳头，整个过程她都一言不发，整理妥当以后，她就默默地跟着麦德洛克太太来到走廊。等一会儿她要说什么呢？她必须得去见克莱文先生，他不会喜欢她的，她也不会喜欢他。她知道他会怎么看她。

她被带到房子里一个从来没去过的地方。后来麦德洛克太太在一扇门前停下来，敲了敲门，听见一个声音说：“进来吧。”于是，她们一起走进去。一个男人坐在壁炉旁的扶手椅上，麦德洛克太太向他说道：“这就是玛丽小姐，先生。”

“你先走吧，把她留在这里就可以了。等会我会叫你的。”克莱文先生说。

夫人出去了，随手关上了门。玛丽这个不起眼的小东西，不安地拧着瘦削的双手，眼巴巴地站着。她看得出来，坐在椅子里的这个男人，不像是那种肩膀高耸弯曲的驼背，他有一头黑发，中间夹着一些白头发。他转过身，跟玛丽说话。

“到这儿来！”他说。

玛丽走向他。

他长得不丑。如果表情不是这么忧郁的话，这甚至是一张帅气的脸庞。一看见玛丽，他就表现出一副忧心忡忡的样子，好像面对这个小女孩不知该如何是好似的。

“你身体好吗？”他问。

“很好。”玛丽回答道。

“他们用心照顾你了吗？”

“是的。”

他打量着她，焦躁地揉着额头。

“你很瘦。”他说。

“我长胖了。”玛丽故意一板一眼地回答他。

这是一张多么忧郁的脸啊！黑色的眼睛好像都不曾看见她，似乎在看着别的什么东西，神思恍惚。

“我把你给忘了，”他说，“我怎么才能记得你呢？我本来是想给你请个家庭教师或者保姆之类的，但是我忘记了。”

“求求你，”玛丽说，“求求你——”可是她嗓子眼里好像被什么东西堵住了似的，说不出话来。

“你想说什么？”他问。

“我……我不是小孩了，不用请保姆。”玛丽说，“求求你，求求你，也不要给我请家庭教师。”

他又摸了摸额头，眼睛盯着她。

“是那个叫索尔比的女士说的。”他漫不经心地嘟囔着。

玛丽终于鼓起勇气。

“您是说玛莎的妈妈吗？”她结结巴巴地问道。

“嗯，是她。”他回答道。

“她了解小孩，”玛丽说，“她自己有十二个孩子。她什么都知道。”

他好像这才有点清醒过来。

“你想做什么？”

“我想去外面玩。”玛丽说，努力让自己的声音不颤抖，“以前在印度的时候，我一点也不喜欢在外面玩，现在，我在外面玩，知道饿了，也长胖了。”

他看着她。

“索尔比夫人说这对你有好处，可能如此吧，”他说，“她觉得你应该先把身体养得结实点，然后再请家庭教师。”

“我在荒野上吹着风玩耍，身体都变结实了。”玛丽说。

“你在哪里玩？”他又问道。

“到处都玩，”玛丽喘了一口气，说道，“玛莎的妈妈送给我一根跳绳，我就跳着绳到处跑，看看地里有没有什么东西发芽了。我一点坏事也没做。”

“别这么害怕，”他忧心忡忡地说，“你这样的小孩子能做什么坏事呢？你想做什么就做什么吧。”

玛丽用手挡在喉咙那里，她的心脏都快跳到嗓子眼了，她怕他看出来。她往他身边走近了一步。

“我能吗？”她声音都颤抖了，问道。

她紧张的样子让他更加担心了。

“别那么害怕，”他提高了嗓音说道，“你当然可以。我是你的监护人，虽然不太称职。我无法抽出很多时间来陪你，因为我也是个可怜的病人，每天心烦意乱，不过，我还是希望你能快快乐乐的，过得舒服点。我对小孩也不了解，但是我会让麦德洛克太太照顾你，你有什么需要，她都会尽量满足你。今天我叫你过来，是因为索尔比太太说我应该见见你，她的女儿经常谈起你。她认为你需要呼吸新鲜空气，需要自由自在地四处玩耍。”

“她了解小孩。”玛丽忍不住又说了一遍。

“应该是这样的，”克莱文先生说，“本来，我觉得她在荒原上把我拦住很鲁莽，可是她说，克莱文夫人以前对她很好。”提起妻子，他似乎有点难过，“她是个值得尊敬的女士。现在看到你，我觉得她说的有道理。你尽管在外面玩，这个地方很大，你可以想去哪儿就去哪儿。你还有什么想要的吗？”他好像突然想起什么似的，“你想要玩具、书籍或者洋娃娃吗？”

“嗯，”玛丽颤抖着说，“我可以要一块地吗？”

她在热切的渴望中说出这些话，丝毫没意识到这是个怪异的要求，而且，她原本没想提这个要求的。克莱文先生吃了一惊。

“一块地？”他重复道，“你什么意思？”

“我想种点东西，种点花花草草，然后看着它们生机勃勃。”玛丽支支吾吾地说。

他凝视着她，手飞快地碰了一下眼睛。

“你……你竟然这么喜欢花园。”他慢慢地说。

“我在印度的时候不了解这些，”玛丽说，“那时我总是病快快的，无精打采的样子。印度太热了，我只是偶尔用沙子堆出一块花床，然后把花插在上面。但是这里和印度不同。”

克莱文先生站起身来，在房间里慢慢地踱步。

“一块地？”他自言自语，玛丽觉得他一定是想起什么来了。当他停下来跟她说话的时候，他眼神看起来柔和而善良。

“你可以想要多少，就有多少，”他说，“你让我想起了一个人，她也喜欢土地，喜欢那些花花草草。如果你想要那块地，”他微微一笑，“那块地就归你了，让它复活吧。”

“任何地方？只要是没人要的地方？”

“任何地方，”他说道，“好了，你该走了，我累了。”他摁了摇铃叫麦德洛克太太，“再见了！整个夏天我都在外面。”

麦德洛克太太来得太快了，玛丽觉得她一直都在走廊上等着。

“麦德洛克太太，”克莱文先生对她说道，“现在我看见这孩子了，我能理解索尔比夫人的意思了。她需要先锻炼锻炼身体，然后再去学习。给她准备简单而健康的食物，让她在花园里随便玩耍，不要太多管束。她需要自由活动和呼吸新鲜空气。索尔比太太有时会过来看她，她也可以偶尔去村里看看。”

麦德洛克太太看起来很高兴。听到先生说以后不必太“管束”玛丽，她松了一口气。她觉得照顾玛丽是个麻烦的差事，也一直尽量少管束。而且，她也很喜欢玛莎的妈妈。

“谢谢您，先生，”她说，“苏珊·索尔比夫人和我以前在一起上学，您今天在路上也看到了，她是个通情达理的好心人。我自己没有孩子，可是她有十二个孩子，而且个个都健康善良。玛丽小姐跟他们在一起玩是没有害处的。我自己也常常听从索尔比太太关于小孩的意见。她就是您可以称之为健康心灵的人，如果我这么说您能理解的话。”

“我理解，”克莱文先生说，“带玛丽小姐离开吧，让皮切尔来见我。”

麦德洛克太太送她到走廊尽头就离开了，玛丽马上冲回自己房间，玛莎正在那儿等着她。事实上，玛莎一收拾完桌子就马上回来了。

“我可以有自己的花园了！”玛丽喊道，“我可以要任何一块地！我暂时不用请家庭教师了！你妈妈还可以来看我！我也能去你家的小屋！他说我这样的小孩不会做什么坏事，我想做什么就做什么，在哪都行！”

“啊！”玛莎高兴地说，“他人真好，不是吗？”

“玛莎，”玛丽严肃地说，“他真是个好人，就是表情太痛苦了，眉头总是拧在一起。”

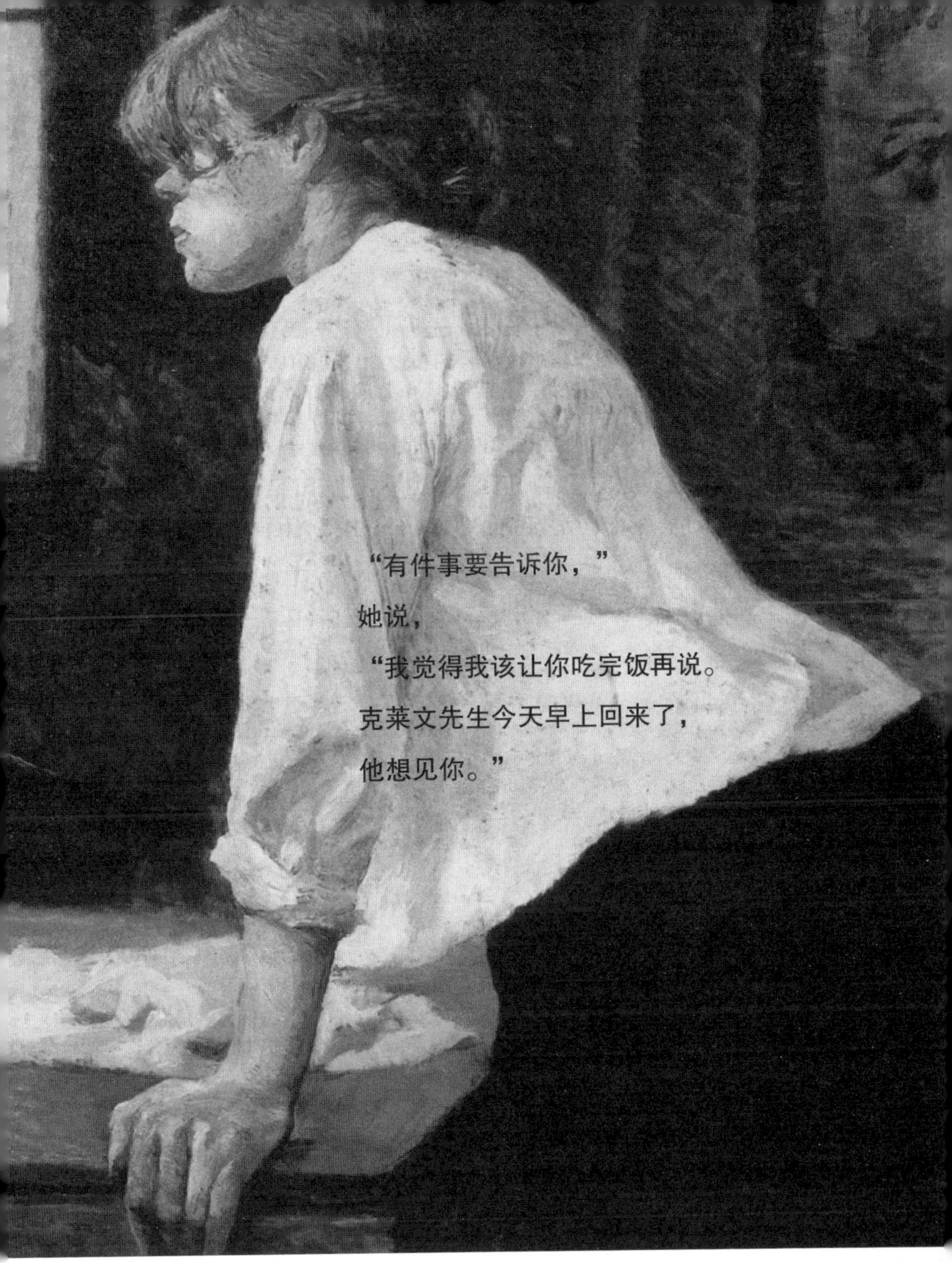

“有件事要告诉你，”
她说，
“我觉得我该让你吃完饭再说。
克莱文先生今天早上回来了，
他想见你。”

她马上用最快的速度跑回花园。她没想到自己会离开这么久，迪肯一定早就离开了，他要走五英里才能到家呢。当她从常春藤下溜进花园时，看见迪肯已经不在那里了，花园工具摆在一棵树下。她跑过去，四处张望，没有看到迪肯的身影。他走了，花园又空无一人了，只有知更鸟飞过围墙，站在枝头看着她。“他走了，”她悲伤地说，“哦！难道……难道他真的是树林里的精灵吗？”

玫瑰树上系着的一块白色东西映入玛丽的眼帘。是一张纸，仔细一看，是她打印出来让玛莎带给迪肯的一封信。这张纸系在长了一根长刺的树丛上，她马上就意识到这是迪肯留给她的。上面有几个看不清楚的字母和一幅画，起初，她看不明白是什么意思，后来她才看出来画的是一个鸟窝，上面站着一只小鸟，下面是一行字：“我会回来的。”

第十三章

“我是科林”

玛丽回去吃晚饭时，把迪肯的那幅画也带回来了。她把画拿给玛莎看。

“噢！”玛莎骄傲地说，“我还不知道我家迪肯这么聪明呢。你看，他画的是一只呆在窝里的槲鸫，像真的一样。”

这时，玛丽才知道迪肯这幅画代表了一个讯号。他想让玛丽放心，他一定会替她保守秘密的。她的花园就如同她的巢穴，而她就如同安住在巢穴之中的槲鸫一样。天啊！她真是太喜欢迪肯这个不同寻常的平凡小子了！

她希望他明天就能回来，然后就带着这个盼头入睡了。

可是，天气总是变化多端，约克的春天尤其如此。夜里，她就被大雨敲打窗户的声音吵醒了，外面暴雨倾盆而下，狂风吹着这座古老而陈旧的大房子，在每个角落和烟囱边呼啸。玛丽从床上坐起来，又气愤又苦恼。

“这雨简直像以前的我一样讨厌，”她说，“明明知道我不喜欢下雨，却偏要下个不停。”

她一头倒在枕头上，把脸埋了起来。虽然没哭，但是躺在床上很伤心，雨水的敲打声和狂风的呼啸声都使她厌恶。她再也睡不着了。这悲伤的声音让她清醒，因为她也沉浸在悲伤之中了。要是她心情好，可能还能睡着。可是你听！外面狂风呼啸，大雨倾盆，还敲打着窗框！

“听起来好像有人在荒原上迷路了，不停地游荡，不停地哭泣。”她说。

她躺在床上，一个小时都辗转反侧，睡不着觉。突然，她从床上坐起来，侧着脑袋朝门口听。

“这不是风的声音，”她小声说，“不是风声，听起来不一样，我以前就听过，这是哭声。”

房门开了一条小缝，从走廊深处传来一阵微弱的烦躁的哭声。

她仔细听了几分钟，越来越肯定自己的推测了。她觉得自己必须搞清楚是怎么回事。这似乎比秘密花园和埋起来的钥匙更加古怪。也许是烦躁的情绪让她更大胆。她走下床，站在地板上。

“我要去看看发生什么事了，”她说，“好在大家都在睡觉，而且，我也不怕麦德洛克太太。我不怕她！”

她拿起床边的蜡烛，轻轻地走出房间。走廊又长又黑，可她兴奋得根本无暇顾及。她记着必须得从一个角落拐过去，才能到门上挂了织锦的短走廊，就是她迷路那天麦德洛克太太走过的那条走廊。声音就是从那里传出来的。现在，她觉得自己都能听到心脏怦怦直跳的声音。借着微弱的烛光她一路摸索，远处微弱的哭声引领着她继续往前走，有时哭声停了一会，然后又继续了。是在这个拐角转弯吗？她停下来想了想。是的！沿着这里走，然后向左拐，往上走两个台阶，再向右转。没错，就是这个挂着绣毯的门。

她轻轻地推开门，又把门在身后关上，她站在走廊里，仔细倾听，哭声不大，但听得很清楚。是从她左边的那面墙传过来的，几英尺外还有一扇门，门缝里透出微弱的灯光。那个人就在那个房间哭，从声音推断，那人年纪很小。

于是，她走到门口，把门推开，就这样，她站在房间里了！

宽敞的房间里摆放着古老而优雅的家具。壁炉里燃烧着微弱的火光，精雕细琢的四柱床旁亮着一盏夜灯。一个男孩在床上躺着，正在烦躁不安地哭泣。

玛丽怀疑自己是在真实的地方，还是睡着了在梦游。

男孩肤色白皙，长了一张棱角分明的精致脸庞和一双大眼睛。浓密的头发在前额打成卷，让他本来就瘦削的脸庞显得更小了。他看起来病了很长时间，但是他哭泣的样子更像是因为疲倦和暴躁，而不是因为生病带来的痛苦。

玛丽站在门口，手里拿着蜡烛，屏住了呼吸。然后，她蹑手蹑脚地走了过去。走近的时候，男孩看到烛光，从枕头上抬起头看着她，瞪着灰色的眼睛，此刻，那双眼睛显得无比巨大。

“你是谁？”他好像吓着了似的，“你是鬼吗？”

“不，我不是鬼，”玛丽也吓得只敢小声说话，“那么，你是鬼吗？”

他一动不动地盯着她看。玛丽情不自禁地想，他的眼睛多么奇怪啊！他脸色苍白，黑色的睫毛长长的，显得眼睛更大了。

“我不是，”他迟了一会才回答，“我是科林。”

“科林是谁？”她结结巴巴地问。

“我是科林·克莱文。你是谁？”

“我是玛丽·伦诺克斯。克莱文先生是我的姑父。”

“他是我爸爸。”男孩说。

“你爸爸！”玛丽吸了一口气，“没人告诉我他还有个儿子！他们为什么不说？”

“到这来。”他说，睁着一双奇怪的眼睛紧张地盯着她。

她走到床边，男孩伸出手碰了她一下。

“你是真的，是不是？”他说，“有时我会做梦，就像真的一样，你可能就是这样的一个梦。”

玛丽离开房间时，穿了一件羊毛外套，她让男孩捏住外套的一角。

“你揉一揉，看看这个是不是又厚实又暖和。”她说，“如果你愿意，我就掐你一下，你就知道我是真的了。刚才我也觉得你可能是梦里的人呢。”

“你是从哪儿来的？”他问。

“从我自己房间过来的。风刮得我睡不着觉，听到哭声，我就跑出来看看了。你为什么哭？”

“因为我也睡不着觉，而且头疼。再把你名字说一遍。”

“玛丽·伦诺克斯。没人告诉你我来庄园了吗？”

他的手还捏着玛丽的衣服角，不过看起来好像有点相信她是真的了。

“没人说过，”他说，“他们不敢。”

“为什么？”玛丽问。

“因为我可能不想让你看见我。我不允许别人看到我，或者谈论我。”

“为什么？”玛丽又问道，她觉得眼前的这个男孩越来越古怪了。

“因为我一直都是这个样子，常年生病，必须得卧床休息。我爸爸也不允许别人谈论我；仆人们不准说起我。如果我能活着，以后可能也是个驼背，不过我活不长。我爸爸不愿意我像他一样。”

“天啊，这真是个奇怪的房子！”玛丽说，“多么古怪啊！这里的一切都好像是个谜。房间都上了锁，花园也被锁了起来。还有你！你也被锁起来了吗？”

“不，是我自己不想出去的，所以就呆在房间里。我太累了。”

“你爸爸过来看你吗？”玛丽小心地问。

“有时候过来。一般是在我睡着的时候。他不愿意看见我。”

“为什么？”玛丽忍不住又问道。

男孩脸上浮上一层怒色。

“我妈妈生下我就去世了，所以他不想看见我。他以为我不知道，其实我听别人说过。他甚至恨我。”

“因为你妈妈去世了，所以他也讨厌花园。”玛丽像是自言自语似的说道。

“什么花园？”男孩问道。

“哦，不过是……就是以前她喜欢的那个花园，”玛丽结结巴巴地说，“你一直呆在这吗？”“差不多吧。有时候人们也带我去海边，不过我不会呆很久，因为他们都盯着我看。以前我要带一个铁制的东西来支撑后背，不过，有个伦敦来的医生说这么做太愚蠢了。他让别人替我脱掉了那个东西，还让我在户外呼吸新鲜空气。我讨厌新鲜空气，也不想去外面。”

“我刚来这儿的时候，也不喜欢出去。”玛丽说，“你为什么一直这么看着我？”

“因为梦境有时候和真的一样，”他烦躁不安地说道，“有时，我睁开眼睛，都不敢相信自己是醒着的。”

“我们都醒着呢，”玛丽环视着房间高高的屋顶、阴暗的角落和朦胧的火光，继续说，“这看起来是很像梦境，而且现在大半夜的，大家都睡着了，只有咱俩醒着呢。”

“我希望这不是梦。”男孩不安地说。

玛丽突然想到了什么。

“如果你不想别人看见你，”她不安地说，“你是不是希望我现在就走？”

他手里一直攥着玛丽的衣服边，这时，他轻轻地拽了一下。

“不，”他说，“如果你走了，那我就真的是在梦里了。如果你是真的，就坐在那个大的脚凳上跟我说说话吧。你说说你自己的事，我想听听。”

玛丽把蜡烛放在床边的桌子上，然后坐在放了坐垫的脚凳上。她一点也不想走，她想呆在这个神秘的房间里，和这个谜一样的男孩说说话。

“你想让我说点什么?”她问。

他想知道玛丽来米瑟韦斯特庄园多长时间了;她的房间在哪层;她一直都在做什么;她是不是也和自己一样讨厌荒原;她来约克郡之前住在哪。玛丽全都告诉他了。他靠在枕头上,听着玛丽说起印度和跨海航行的事。玛丽发现他因为一直生病,所以其他小孩都会的东西,他都不会。他的一个护士在他小的时候教他读过书,他现在就总是看书和书里的图片。

尽管他爸爸很少来看他,但是好玩的东西却一样不少的全都给他,他也不觉得稀奇。他应有尽有,随心所欲。“所有人都必须讨好我,”他毫不在意地说,“生病让我很容易发怒。没人觉得我能活下来。”

他说话的表情,好像已经听天由命,不想再为这件事费脑筋了一样。他似乎很喜欢玛丽的声音,懒洋洋又有点兴致勃勃地听着玛丽说话。有一两次,玛丽都怀疑他是不是睡着了。但是,随后他总是能提出一个问题,于是,又开始一个新的话题。

“你几岁了?”他问。

“我十岁了,”玛丽说,然后就得意洋洋地说,“你也十岁了。”

“你怎么知道?”他惊讶地说。

“因为你一出生,花园就被锁起来了,钥匙也埋起来了。已经有十年了。”

科林半坐着,支起胳膊肘转向她。

“什么上了锁的花园? 谁干的? 钥匙在哪儿埋着呢?”他大声问道,好像忽然很感兴趣。

“就是……就是克莱文先生讨厌的那个花园,”玛丽紧张地说,“他把花园锁起来了。没人……没人知道钥匙埋在哪儿了。”

“什么样的花园?”科林追问道。

“已经十年没有人进去了。”玛丽小心地说。

但是为时已晚。他跟玛丽一模一样,每天无所事事,这个隐藏的花园同样引起了他的兴趣。他一个问题接一个问题地问。花园在哪儿? 她去找过花园门吗? 她问过园丁吗?

“他们不肯谈论花园,”玛丽说,“我想是主人不准他们回答问题的。”

“我会让他们说的。”科林说。

“你能吗?”玛丽支支吾吾地说,开始有点害怕了。要是他让大家开口了，天知道会发生什么事！

“大家都必须听我的话。我告诉你，”他说，“如果我活着，这个地方早晚有一天是我的。他们很清楚这点。我会让他们告诉我的。”

玛丽不知道自己也是个被宠坏的小孩，不过她很清楚地看到，眼前这个神秘的小男孩已经被宠坏了。他觉得整个世界都是他的。他多么古怪啊，竟然能那么冷静地谈论死亡。

“你觉得自己活不下去了吗？”她问道，一半是因为好奇，一半是想让他忘记花园的事。

“我觉得我活不了了，”他像以前一样，漠不关心地说道，“从我记事起，我就听见人们说我活不长。起初，他们以为我还小，听不懂话；现在，他们以为我听不见。其实我什么都知道。我的医生是我爸爸的堂弟。他很穷，如果我死了，他就会在我爸爸去世后得到这个庄园。我觉得他也希望我死。”

“你想活下去吗？”玛丽问道。

“不想，”他用一种疲倦而暴躁的口气说道，“但是，我也不想死。每当我生病躺在这儿的时候，我就会不停地想到死亡，然后就一直哭。”

“我听见过三次哭声，”玛丽说，“但是，当时我不知道是谁在哭。你是因为生病了才哭的吗？”玛丽这么说，是想让他忘记花园。

“我觉得是，”他说，“我们谈点别的事情吧。谈谈花园吧。你不想去看看花园吗？”

“想。”玛丽小声说。

“我也想，”他固执地说，“我以前从没真正想看什么，但是现在我想去花园看看。我想把钥匙挖出来，把门打开，然后我坐在轮椅上，让他们抬着我过去，那样我就能呼吸新鲜空气了。我这就让他们把门打开。”

他开始变得兴奋起来，那双奇怪的眼睛像星星一样一眨一眨的，显得更大了。

“他们必须讨好我，”他说，“我要让他们带我过去，你也一起去。”

玛丽双手绞在一起。事情搞砸了！迪肯再也不会回来了；她再也不会像斛鸫一样，安然无恙地躲在窝里了。

“噢！别这样，不要那样做！别那样做！”她喊道。

他盯着她，觉得她疯了。

“为什么？”他大声问，“刚才你还说你想去花园看看的。”

“我是这么说的，”她都快哭出来了，“但是，如果你让他们把花园的门打开带你进去，那就再也不是秘密花园了。”

他又向前靠了靠。

“秘密花园？”他说，“什么意思？快告诉我。”

玛丽舌头打结了似的，一个字一个字往外蹦。

“你看——你看，”她上气不接下气，“如果除了咱俩没人知道，常春藤下有个看不见的门，是的，就在那儿，要是咱俩能找到那扇门，然后一起溜进去，把门一关，就没人知道咱俩在里面，那就是咱俩的花园了。咱俩可以假装……假装咱俩是斛鸫，花园就是咱俩的窝，如果咱俩天天都在那里玩耍，可以挖土，种花，就能让花园复活起来——”

“花园死了？”他打断她。

“要是再没人照料，就要死了，”她继续说道，“球茎会活，但是玫瑰——”

他再次打断她，变得和她一样兴奋。

“球茎是什么？”他快速地问。

“是水仙、百合和雪花莲。它们都在地下生长，春天到了，它们都冒出浅绿色的新芽了。”

“春天来了吗？”他说，“春天是什么样的？一个呆在房间里的病号，根本就看不见春天。”

“春天就是阳光照耀雨水，雨水洒落阳光，春天就是万物复苏，在泥土下的生命蠢蠢欲动。”玛丽说，“我们可以溜进秘密花园，看植物一天天长大，看很多玫瑰花都复活过来。你明白吗？你看不出来如果这个花园是个秘密，会有很多好处吗？”

他又靠着枕头躺了下来，脸上表情古怪。

“我从来没有秘密，”他说，“除了我不会活下去这件事。他们不知道但我知道，所以这也算是个秘密。但是我更喜欢你说的这个秘密。”

“要是你不让他们带你去那个花园，”玛丽恳求道，“也许，我觉得我差不多能找到那个花园。如果医生允许你坐着轮椅出去，而你又总是随心所欲的话，也许——也许我们能找个男孩子推着你，这样我们就能单独相处，而秘密花园就永远是个秘密了。”

“我希望——希望能这样，”他慢慢地说，双眼迷离，“我喜欢那样。我愿意在秘密花园里呼吸新鲜空气。”

看到科林如此喜欢秘密花园，玛丽这才平静下来。她几乎确信，要是她继续说服他，那他就能像自己一样，再也不允许别人走进秘密花园。

“我来告诉你，如果我们进去的话，花园会是什么样子的，”她说，“因为已经关闭了很久，所以花园里的东西都已经乱成一团了。”

他一动不动地躺着，听玛丽滔滔不绝地说起那些在树木之间攀援的玫瑰花，还有在这个安全的地方搭窝的小鸟。她还向他说起本·伍瑟斯塔夫和那只知更鸟，一说起知更鸟她便有讲不完的话，这话题轻松而安全，所以她也不害怕了。科林很喜欢知更鸟的故事，他的脸上甚至露出了笑容，这让他好看多了，刚开始的时候，玛丽觉得长着一双大眼睛和卷发的他比自己还难看呢。

“我不知道小鸟还能那样，”他说，“不过如果让你整天呆在房间里，你也会毫无见识的。你知道的东西真多。我觉得你好像去过花园了。”

她不知道该说什么好了，就没吱声。他显然也没指望她说什么。可是下一刻，他就给了她一个惊喜。

“我要给你看一样东西，”他说，“你看见壁炉架上面挂着的那块玫瑰色的丝绸窗帘了吗？”

玛丽之前没注意，现在她一抬头就看见了。那是一块柔软的丝绸，好像挂在一幅画上。

“看见了。”她回答道。

“那有个绳子，”科林说，“你去把它拉开。”

玛丽疑惑不解地站起身来，找到绳子，拉开，丝绸的挂帘沿着吊环被拉到一侧，露出一张画像。画面上的女孩满脸笑意，明亮的头发系着蓝色的丝带，欢快可爱的眼睛和科林忧郁的灰色眼睛一模一样，眼睛被黑色的睫毛包围着，感觉有真实的两个那么大。

“这是我妈妈，”科林气呼呼地说，“我不知道她为什么要离开这个世界。有时候我恨她离开我。”

“多奇怪啊！”玛丽说。

“要是她活着，我就不会这么一直生病，”他嘟囔着，“我敢说我也能活下去；我爸爸也不会讨厌看见我；我也肯定会有个强壮的后背。把挂帘再拉上吧。”

玛丽照做了，又回到脚凳上坐了下来。

“她比你漂亮多了，”她说，“但是她的眼睛和你的一模一样，至少形状和颜色都一样。为什么要在画像上挂个帘子？”

他不舒服地动了一下。

“我让他们挂上的，”他说，“我不喜欢她注视着我。有时我病得难受，她的笑容我受不了。而且，她是我的，我不想她被人看见。”两个人沉默了一会，然后玛丽开口说话了。

“要是麦德洛克太太发现我来过这，她会怎么样？”她问。

“她会听我的，”他说，“我会告诉她，我想让你每天都过来陪我说话。你能来我很高兴。”

“我也是，”玛丽说，“我会经常来的，但是——”她犹豫了一下，“但是我每天都得去找花园门。”

“是的，你必须得去，”科林说，“以后你可得跟我好好说说。”

他躺着想了一会，然后像以前一样，又开口说话了。

“我觉得，你也应该是个秘密，”他说，“我不会告诉别人的，除非他们自己发现。我可以让护士出去，就说我想自己呆着。你认识玛莎吗？”

“认识，我和她很熟，”玛丽说，“她照顾我。”

他朝外面的走廊点了点头。

“她就睡在那边的房间。护士昨天出去和她姐姐过夜了，她每次出去都让玛莎过来照顾我。玛莎会告诉你什么时候过来。”

这时，玛丽才理解为什么她以前向玛莎问起哭声时，她一脸困惑的表情。

“玛莎一直都知道你？”她问。

“是的，她经常照顾我。护士常常自己跑出去，然后就让玛莎来照顾我。”

“好了，我来了很长时间了，”玛丽说，“我可以走了吗？你眼睛都困得睁不开了。”

“我希望你能等我睡着了再走。”他害羞地说道。

“闭上眼睛，”玛丽把脚凳拉近了，“我会像以前我的奶妈一样，拍着你的手，轻轻抚摸它，低声唱歌给你听。”

“也许我会喜欢的。”他懒洋洋地说。

她有点替他感到难过，不想让他睡不着觉，于是她靠在床上，轻轻拍着他的手，低声唱着印度斯坦的催眠曲。

“这样很好。”他懒洋洋地说，玛丽仍然唱着歌轻拍着他。但是等她再去看他黑色的睫毛时，他的眼睛已经闭上了，看样子睡着了。于是她轻轻地起来，拿起蜡烛，一声不响地走了。

第十四章

小 王 子

第二天一早，荒原上雾蒙蒙的，大雨还在倾盆而下。今天没法出去玩了。玛莎忙得连说句话的工夫都没有。不过，玛丽还是让玛莎下午到儿童房陪她一起坐坐。玛莎来的时候，还带上了织到一半的长袜，她没事的时候就喜欢织织补补的。

“你怎么了？”她们刚一坐下，玛莎就迫不及待地问道，“你看上去有话要说。”

“是啊，我有话要说。我知道那个哭声是怎么回事了。”玛丽说。

玛莎把袜子放在膝盖上，瞪着眼睛看着她。

“不可能！”她喊道，“不会的！”

“昨天夜里，我听见了哭声，”玛丽接着说，“然后我就起床去看。是科林，我看到他了。”

玛莎吓得脸都红了。

“噢！玛丽小姐！”她都快哭出来了，“你不该去看的，你不应该这样的！这回我有麻烦了。我从没跟你说过他的事情，但你还是给我惹上麻烦了。我会丢了这份工作的，那样的话我妈妈该如何是好啊！”

“你不会丢了工作的，”玛丽说，“我过去看他，他很高兴。我们一直说着话，他说我过去了他很高兴。”

“真的吗？”玛莎喊道，“你确定吗？你没见过他生气的样子。那么大的孩子了，哭起来却像个婴儿一样，发起脾气来，就拼命地叫喊吓唬我们。他知道我们被他吓得魂都飞了。”

“他没生气，”玛丽说，“我问他我是不是该离开，他让我留下来。他问了我很多问题，我就坐在脚凳上，跟他讲印度、知更鸟和花园的故事。他不让我走，还把他妈妈的照片拿给我看。我唱着歌把他哄睡了，然后才离开那里的。”

玛莎惊讶地吸了一口气。

“我真不敢相信!”她坚决地说,“这和说你曾经进过狮子笼有什么区别! 大多数的时候,他都是怒气冲冲的,搅得大家都不得安宁。他才不准生人看他呢。”

“他允许我看他。我一直都看着他,他也看着我。我们互相盯着!”玛丽说。

“我不知道该怎么办了!”玛莎激动地喊着,“要是被麦德洛克太太发现了,她会以为是我不守规矩告诉你的,我就得卷铺盖回家了。”

“他不会告诉麦德洛克太太的。现在,这件事还是个秘密,”玛丽肯定地说,“而且他说,大家都得听他的。”

“恩,这倒是真的。这个坏孩子!”玛莎叹了口气,拿围裙擦了擦额头。

“他说麦德洛克太太也必须听他的。他还想让我每天都过去跟他说话。他要我过去的时候,你负责通知我。”

“我?”玛莎说,“这样,我会丢了工作的,一定会的!”

“你不会的,如果你照他说的做了,他就会命令大家都听他的。”玛丽重申道。

“你的意思是说,”玛莎睁大眼睛喊道,“他对你很好?”

“我觉得他喜欢我。”玛丽回答道。

“那你一定是给他施了魔法了!”玛莎长长地吸了口气,肯定地说。

“你是说魔术吗?”玛丽问道,“我在印度的时候听说过魔术,但是我不会变魔术。我就是走进了他的房间,看到他我惊讶得只是傻愣愣地站着盯着他看,然后他转过身也盯着我看。他觉得我是个鬼魂或者是梦里才出现的人,我觉得他才是呢。可是大半夜的,就我们两个不认识的人孤零零地站在屋子中间,这也太古怪了。于是我们就开始问对方问题。当我问他我是不是该离开时,他说我不用离开。”

“真是世界末日啊!”玛莎倒吸了一口气。

“他怎么了?”玛丽问。

“没人知道他究竟怎么了。”玛莎说,“他出生的时候,克莱文先生精神就不好,医生觉得他恐怕要进精神病院了。这都是因为夫人去世的缘故,我跟你说过的。他一眼都不肯瞧那个婴儿,只是咆哮着说,孩子也会像他一样是个驼背,还不如死掉算了。”

“科林是驼背吗?”玛丽问,“他看起来不像。”

“是啊，

我有话要说。

我知道那个哭声是怎么回事了。”

玛丽说。

"现在还不是,"玛莎说,"不过事情一开始就错了。我妈妈说,哪个小孩在这样一个充满了麻烦和愤怒的房子里,都会出问题的。他们害怕科林的后背太虚弱,就无微不至地照顾他,让他一直躺着,不让他走路。有一次他们还让他穿了个支架,气得他都生病了。后来一个有名的医生过来,才让他们把支架脱掉。他和另外一个医生很严厉,但还算委婉地说,科林的药吃得太多了,而且太任性了。"

"我觉得他被惯坏了。"玛丽说。

"他实在是个最邪恶的小孩!"玛莎说,"他病了很长时间,有两三次,他感冒咳嗽,差点要了小命。有一次他得了风湿热,还有一次是风寒。噢!那时可真把麦德洛克太太吓得够呛。当时,他头脑已经不太清醒了,麦德洛克太太以为他什么都不知道,就和护士说:'他这次肯定熬不过去了,其实这对他对大家都好。'然后她就看见科林睁着大眼睛盯着她,似乎和她一样清醒。她不知道到底发生什么事了,只听见他说道:'给我拿点水。然后闭嘴。'"

"你觉得他会死吗?"玛丽问。

"我妈妈说,要是一个小孩总也不呼吸新鲜空气,整天除了躺着看图画书之外啥也不干,还吃那么多药,肯定活不长。他身体本来就很差,而且还懒得出门,动不动就感冒,生病。"

玛丽坐在那儿看着炉火。"我在想,"她慢慢地说,"让他去花园里看看植物生长,会不会对他身体有好处。我这么做,身体就变好了。"

"他发脾气最严重的一次,"玛莎说,"是他们带他去看喷泉边的玫瑰花。他在报纸上看过,说有人会得一种叫'玫瑰感冒'的病,于是他就去闻玫瑰花,说自己也要得那个病。这时,一个新来的园丁不知道这里的规矩,路过的时候好奇地看了科林一眼。科林于是大发脾气,说因为自己是驼背,所以才引起别人的注意。他哭得都发烧了,一个晚上都没好。"

"要是他对我发火,我就再也不去看他了。"玛丽说。

"他要是想让你去,你就得去,"玛莎说,"你最好一开始就知道这点。"

这时,玛莎听到铃声,就卷起还没织完的长袜走了。

"我敢说,一定是护士想让我陪他呆一会。"她说,"希望他心情不错。"

她出去了十多分钟就又回来了，一脸的困惑。

“天啊，你一定是给他施了魔法了，”她说，“我去的时候，他正坐在沙发上看图画书。他吩咐护士六点之前别回来。我就在旁边的房间里等着。护士一出去，他就把我叫过去说，‘我想让玛丽·伦诺克斯过来跟我说说话，你不准告诉别人。快去吧。’”

玛丽很愿意快点去。虽然她不像想见迪肯那样迫切地想见科林，但还是很想去看他。

她进去的时候，壁炉里的火烧得正旺，整个房间在日光的照耀下，看起来非常漂亮。虽然外面天空灰蒙蒙的，还下着雨，但是墙壁上色彩鲜艳的挂毯、门帘、图画和书籍让整个房间显得五颜六色，非常舒适。他身上裹着天鹅绒的睡袍，背靠着一垫子坐着。双颊泛着红晕。

“进来吧，”他说，“我一早上都在想你。”

“我也在想你。”玛丽说，“你都不知道把玛莎吓成什么样了，她说麦德洛克太太会认为是她把你的事告诉我的，然后就把她撵走。”

他皱起眉头。

“让她到我这来，”他说，“她就在隔壁房间。”

玛丽把玛莎带过来。可怜的玛莎双脚发抖。科林还是皱着眉头。

“你是不是应该让我高兴？”他质问道。

“我是该让您高兴，先生。”玛莎支支吾吾地说，脸都红了。

“麦德洛克是否要听我的？”

“大家都要听您的，先生。”玛莎说。

“那好，如果我命令你把玛丽小姐带到我这来，就算麦德洛克知道了，她又怎么会把你撵走呢？”

“求求您别让她把我撵走，先生。”玛莎恳求道。

“她若胆敢这样做，我就让她走。”克莱文公子盛气凌人地说道，“她不会那样做的，你放心。”

“谢谢您，先生，”玛莎颤抖着行了个礼，“我会忠于职守的，先生。”

“你的职责就是听我的，”科林气焰更加嚣张了，“我会保护你的。好了，你走吧。”

玛莎关上门走了之后，科林发现玛丽小姐正在耐人寻味地凝视着他。

“你为什么这么看着我?”他问道,“你在想什么?”

“我在想两件事。”

“哪两件? 坐下来告诉我。”

“第一件事,”玛丽坐在一个大大的脚凳上,说道,“我以前在印度时,见过一个男孩,他是一位王子,浑身上下全是红宝石、绿宝石和钻石。他和别人说话的样子,就和你刚才和玛莎说话的样子一模一样。所有人都要按照他的吩咐做事,一刻也不许耽搁。我觉得如果他们不听话,就会被处死的。”

“稍后,你再跟我说说小王子的事情吧。”他说,“现在先告诉我第二件事是什么。”

“我在想,”玛丽说,“你和迪肯真是太不一样了。”

“迪肯是谁?”他说,“真是个奇怪的名字。”

她或许可以把迪肯的事告诉他,但是不能提到秘密花园。她一直喜欢听玛莎谈论迪肯,她自己也渴望能跟别人说说迪肯,那样,就会感觉迪肯就在身边。

“他是玛莎的弟弟,今年十二岁了,”她解释道,“他不同于世界上的任何一个人。他能像印度的驯蛇人一样,征服狐狸、松鼠和小鸟;他能用笛子吹奏温柔的小曲,小动物们听到笛声,就会来到他的身边。”

他突然从旁边桌子上的一堆书里拽过一本,大声说道:“这本书里有驯蛇人的图片,你过来看看。”

这本书漂亮极了,里面是华丽的图片,他指着其中一张画。

“他能做这个吗?”他急切地问道。

“他吹笛子时,小动物都跑过来听,”玛丽解释道,“但是他不管这个叫魔法。他说这是因为他一直在荒原上生活,了解这些动物,喜欢这些动物。有时候,他觉得自己就是一只鸟,或者就是一只兔子。我想他能问知更鸟问题呢。他们好像能用一种温柔的啾啾声说话。”

科林躺在靠垫上,越听眼睛睁得越大,脸色红通通、热乎乎的。

“你多讲点迪肯的事儿。”他说。

“他对小动物的蛋和巢穴无所不知,”玛丽接着说,“他还知道狐狸、獾和水獭住在哪儿。不过他不会告诉别的男孩,免得他们去吓唬小动物。荒原上生长的一切植物和动物,他都了解。”

“他喜欢荒原吗?”科林问,“他怎么会喜欢这样一个荒凉而可怕的大荒原呢?”

“这是世界上最美丽的地方,”玛丽反驳说,“这里有成百上千棵可爱的植物茁壮生长,还有成百上千个可爱的小动物,忙着筑巢、打洞,叽叽喳喳地唱歌、聊天。它们每天都忙忙碌碌,在土地下、树林里、石楠花间开心地玩耍。这里就是它们的家园。”

“你怎么知道?”科林转过身看着她,问道。

“我其实一次也没去过,”玛丽突然想起来什么似的,“只有一次,我在夜里坐车经过那里。原来我也觉得荒原很丑。刚开始,玛莎跟我说过,后来迪肯也说过,他们都说荒原很美。迪肯跟你说的时候,你能感觉好像亲眼看见亲耳听见似的,好像你就站在阳光照耀下的石楠花间,闻着甜得像蜜一样的金雀花,身边全是蝴蝶和蜜蜂。”

“如果你整天生病,你就什么也看不到。”科林无奈地说。他的样子,好像突然听到远处传来与众不同的声音,而心里充满疑惑一般。

“如果你总是呆在房间里,你就什么也看不到。”玛丽说。

“我不能去荒野上。”他满腔怨气地说。

玛丽沉默了一阵,然后就鼓起勇气说道:“你可以去,有的时候就可以去。”

他好像吓着了似的动了一下。

“去荒原！怎么可能？我会死的。”

“你怎么知道?”玛丽毫不同情地说道。她不喜欢他谈到死亡时的样子,所以一点都不怜悯他。她觉得他有点夸大其词了。

“哦,从我记事时起人们就跟我这样说,”他烦躁地说道,“他们常常窃窃私语,还以为我不知道。他们就希望我死掉。”

玛丽小姐的倔犟劲又上来了。她把嘴唇抿得紧紧的。

“别人希望我哪样,我就偏不。”玛丽说,“谁希望你死啊?”

“那些仆人,当然还有克莱文医生。因为如果我死了,他就能得到米瑟韦斯特庄园了,他就有钱了,现在他是个穷光蛋。他不敢这么说,不过每次我身体变差,他就很高兴。我得风寒那次,他脸都变胖了。我觉得我爸爸也希望我死。”

“我觉得你爸爸不会这么想的。”玛丽固执地说道。

科林听了,又转身看着她。

“你觉得他不会?”他问。

然后他就躺在靠垫上，若有所思，一动不动。沉默持续了很长一段时间，可能他们都在思考一些不该小孩子思考的奇怪的事情吧。“我喜欢从伦敦来的那个医生，因为他让别人把我的支架脱掉了。”

“他说你会死吗？”玛丽终于开口说话了。

“他没说。”

“那他说什么？”

“他没有窃窃私语，”科林说，“可能他知道我讨厌别人小声说话。我听见他大声说了一件事。他说：‘如果这个孩子下了决心，他还是能活下来的。得让他放松心情。’听起来他好像生气了。”

“我告诉你谁能让你心情愉快，”玛丽想了想然后说，她觉得自己无论如何都想解决这件事，“我相信迪肯能做到。他总是在谈论一切充满生命力的东西，从来不谈论死掉或者生病的东西。他总是抬头看着天空，看着鸟儿飞翔；或者低头看着地上生长的植物。他总是睁着一双圆圆的蓝色眼睛四处看，一张大嘴巴总是哈哈大笑，脸颊像浆果一样红扑扑的。”她把椅子往沙发边挪近了点，想起迪肯的大眼睛和弯曲的大嘴巴，脸上表情都不由自主起了变化。

“看这儿，”她说，“我们别谈死亡了，我不喜欢这个话题。我们谈谈生命，谈谈迪肯吧。然后我们还可以看看图画书。”

这些是她最擅长的话题了。谈论迪肯，就意味着谈论荒原，谈论小屋，谈论住在里面靠十六先令过一周的十四口人，还有那些野马般靠着荒原上的青草就能茁壮成长的孩子。还会谈论迪肯的妈妈，谈论跳绳，谈论阳光灿烂的荒原，谈论黑色土地上零星冒出的浅绿色的嫩芽。所有这一切都充满了生命力，玛丽滔滔不绝地谈着，科林也前所未有地听着或说着。他们俩像其他小孩一样，高兴的时候就哈哈大笑。后来，他们就像两个健康的十岁小孩一样笑成一片。你再也看不出他俩一个是冷漠而倔强的小姑娘，一个是体弱多病觉得自己不久于世的小男孩。

他们开心得忘记了图画书，也忘记了时间。他们说起本·伍瑟斯塔夫和他的知更鸟时，高兴地哈哈大笑，以至于科林都坐起来了，好像忘记了自己虚弱的后背。这时，他好像突然想起什么似的：“你知道吗？我们差点忘了一件事。”他说，“我们是表兄妹呢。”

他们谈了这么多，却从没想起这么显而易见的一件事，这多奇怪啊。于是，他们就笑得更厉害了，因为心情愉快，所以任何事都能让他们哈哈大笑。就在这一片欢声笑语中，门打开了，克莱文医生和麦德洛克太太走了进来。

克莱文医生着实吓了一跳，麦德洛克太太被他撞了一下，差点摔倒。

“天啊！”可怜的麦德洛克太太惊叫道，眼珠子都快要掉下来了，“天啊！”

“这是怎么回事？”克莱文医生走向前，说道，“发生什么事了？”

这时，玛丽再一次见识到了小王子的厉害。科林好像根本没把医生和麦德洛克太太的惊慌当做一回事。他满不在乎的样子，就好像房间里进来了一只老猫和老狗，他既不生气，也不害怕。

“这是我的表妹，玛丽·伦诺克斯，”他说，“我让她过来陪我说说话。我喜欢她。她必须随叫随到。”

克莱文医生责备地看着麦德洛克太太。“哦，先生，”她气喘吁吁地说，“我不知道怎么回事。这里的仆人没人敢说出这件事，他们都遵循命令的。”

“没人告诉她，”科林说，“她听见我哭，自己找过来的。我很高兴她能过来。别小题大做了，麦德洛克。”

玛丽看得出来，克莱文医生很不高兴，不过很明显，他不敢反驳他的病人。他在科林身边坐下，摸了摸他的脉搏。

“恐怕你刚才太激动了。这对你没有好处，孩子。”他说。

“她要是走了的话，我才会激动呢，”科林回答说，眼睛又开始闪烁出危险的光芒，“我好多了，她让我觉得好多了。护士必须把她的茶和我的一起端过来。我们一起喝茶。”

麦德洛克太太和克莱文医生不知所措地你看着我，我看着你，但是很显然，他们对此无可奈何。

“他看起来确实好多了，先生。”麦德洛克太太小心翼翼地说。“但是——”她想了想又说道，“玛丽来了以后，他确实好多了。”

“她昨天晚上就到我房间来了，和我呆了很长时间，还给我唱了一首印度斯坦的歌曲，我听着听着就睡着了。”科林说，“今早起来的时候，我感觉好多了，我想吃早饭了。现在我想喝茶，去告诉护士送茶过来，麦德洛克。”

克莱文医生呆了一会就走了。护士进房间的时候他叮嘱了几分钟，还对科林嘱咐了几句，不准科林说太多话；不准忘记自己是个病人；不准忘记自己容易疲劳。玛丽觉得科林必须记住很多让人不愉快的事情。

科林看起来烦躁不安，黑色的眼睛盯着克莱文医生的脸。

“我就想忘记这些，”他看着玛丽说，“她能使我忘记这些。所以我需要她。”

克莱文医生离开房间的时候看起来很不高兴，他困惑地看着这个坐在硕大板凳上的小女孩，他看见的，是那个从他一进房间就变得生硬、沉默、毫无吸引力的小孩。尽管如此，这个男孩看起来确实开朗多了。走到走廊后，他心情沉重地叹了一口气。

“他们总让我在不想吃饭的时候吃饭，”护士把茶水端进来放在沙发旁边的桌子上时，科林说道，“现在，你吃我就吃。这些小松饼看起来很美味，还热腾腾的。给我讲讲小王子的故事吧。”

第十五章

筑　巢

又下了一周的雨，之后，碧蓝的天空又回到荒原上空。阳光火辣辣的，天气热极了。玛丽小姐虽然没有机会去秘密花园，也没看见迪肯，但她还是过得非常愉快。一周的时间很快就过去了。她每天都去科林房间，两个人聊聊印度小王子、花园、迪肯或者荒原上的小屋；他们一起看看图画书，有时玛丽读给科林听，有时科林也给玛丽读一点。玛丽觉得他被逗乐的时候，除了脸色有点苍白，而且总躺在沙发上，其他方面一点也不像个病人。

“你这个小滑头，晚上不听话，自己从床上爬起来四处乱找，真是太淘气了。”有一次，麦德洛克太太对她说，“不过对大家来说，这也未尝不是件好事。自从你俩成为朋友，他就没有发过火。那个护士本来都打算辞职不干了，因为实在疲于应付。不过现在她说，不介意继续呆在这儿，如果你肯跟她一起陪科林的话。”

在和科林的谈话中，玛丽一直小心谨慎，绝口不提秘密花园。她想从科林嘴里套出点什么，但又不能直接问他。一方面，因为她开始喜欢和他呆在一起，所以她想看看他是不是个可以托付秘密的人。他和迪肯没有一点相像之处，不过他显然也喜欢那个没人知道的秘密花园。玛丽在考虑是否要信任他。不过他们认识的时间还太短，所以不能确定。玛丽考虑的第二个问题是：如果科林是个可靠的人，那有没有可能把他带出去而不让人发现呢？伦敦的著名医生说过，他必须要呼吸新鲜空气，科林也说他不介意去秘密花园呼吸新鲜空气。如果他能大口呼吸新鲜空气，认识了迪肯和知更鸟，见到那么生机勃勃的花花草草，也许他就不会整天把死亡放在心上了。玛丽最近照镜子，发现自己和刚从印度来的时候大不相同了。现在的她看起来好多了，甚至玛莎也能发现她的变化。

“荒原上的空气对你很有好处，”玛莎说，“你不像以前那样脸色蜡黄、骨瘦如柴了；头发也不稀稀松松地贴着头皮了，好像有生命力似的翘起来了。"

"就跟我一样,"玛丽说,"变得强壮了,变得胖了。我敢肯定还有更多的变化。"

"看起来是这样的,"玛莎说,揉了揉她的脸蛋,"你现在这样,再也不像以前那么难看了,脸颊也红润了。"

如果秘密花园和新鲜空气能让她变好,说不定也会让科林变好。可是,如果他不喜欢被别人注视,也许他会不喜欢迪肯。

"为什么别人看你,你就生气呢?"有一天玛丽问道。

"我一直都讨厌别人看我,"他说,"甚至我还很小的时候,就是这样。后来他们带我去海边,我躺在轮椅里,所有人都盯着我看,那些女人还会停下来,跟我的护士搭话聊天,然后就窃窃私语。我知道她们在说我活不到成年。有时,那些女人还会拍拍我的脸颊,说'可怜的孩子!'有一次,一个女士那样做的时候,我大叫了起来,把她的手给咬了,她吓得跑掉了。"

"她会以为你疯了,就像小狗一样。"玛丽说,一点也不羡慕。

"我才不管她怎么想呢。"科林皱着眉头说。

"我到你房间的时候,你为什么不尖叫、不咬我呢?"玛丽问,然后慢慢地微笑起来。

"我以为你是鬼,或者是梦。"他说,"你不能去咬一个鬼,或者一个梦吧,就算尖叫也吓唬不了他们。"

"如果一个男孩看你,你会讨厌他吗?"玛丽不确定地问。

他躺在靠垫上,若有所思地停顿了一会。

"有一个男孩,"他字斟句酌,说得很慢,"有一个男孩,我觉得我不会介意的。就是那个知道狐狸住在哪儿的男孩——迪肯。"

"我相信你不会讨厌他的。"玛丽说。

"小鸟和其他小动物都不讨厌他,"他还是边想边说,"也许这就是为什么我也不讨厌他的原因。他好像是个动物魔术师,而我也是个小动物。"

然后他们俩都笑了,事实上,他俩都觉得一个小动物整天躲在自己的窝里,这个想法太有趣了。

玛丽之后就想到,她没必要为迪肯的事情担心。

天空放晴的第一天早晨,玛丽醒得很早。阳光透过百叶窗斜射进来,赏心悦目的景色让玛丽从床上跳下来,跑到窗边。她拉开百叶窗,打开窗户,一阵清新的空气扑面而来。荒原上一片湛蓝,整个世界看来好像都被施了魔法。远处传来轻柔的笛声，好像一群鸟儿在演奏交响曲。玛丽把手伸出窗户，好像抓了一把阳光。

“阳光很暖和，真暖和呀！”她说，“阳光这么好，绿芽会一直长啊，长啊，球茎和树根也会鼓足了劲，在地下不停地长。”

她跪下把身体尽量探出窗外，大口地呼吸着，吸着鼻子，想起迪肯妈妈说他鼻子会像小兔子一样颤抖，不禁笑出声来。“时间一定还早，”她说，“云朵还泛着粉红色，我从没见过这样的天空。还没人起床，我甚至都没听见马童的声音。”

她突然想到了什么，变得手忙脚乱。

“我不能再等了！我现在就得去花园！”

玛丽这时已经学会自己穿衣服了，她五分钟就把衣服穿好了。她知道有个小侧门，她自己就能打开门闩。她脚上穿着长袜，飞奔到楼下，在大厅里穿好鞋，打开门闩，推开门，一步就从台阶上跳下去，站在草地上。草地似乎已经变绿了，阳光灿烂，微风和煦，从灌木丛和树林里传出一阵阵笛声和小鸟的叽叽喳喳的歌唱声。她高兴地拍着手，抬头看看天空，天空湛蓝、粉红、洁白，充满春天的气息，她也忍不住想要吹着笛子大声唱歌，就是画眉、知更鸟和云雀也会忍不住要歌唱的。她沿着灌木丛和小路朝秘密花园跑去。

“今天就大不一样了，”她说，“草地变得更绿，万物都在发芽、舒展，叶子都长出来了。我敢说，今天下午迪肯就会来的。”

这场绵长的温暖的春雨让矮墙下小路边的草地发生了神奇的变化。花草树木都开始抽芽伸展，到处可以看见蓝紫色或嫩黄色的番红花。如果在六个月前，玛丽根本不会注意到这个世界正在苏醒，可现在，她全都看在眼里。

她走到常春藤下面的花园大门的时候，被一阵很大的奇怪的声音吓了一跳。围墙上站着一只乌鸦，发出嘎嘎的叫声。她抬头看着这只个头很大、蓝黑相间的小鸟，它羽毛锃亮，正在低头看着她，目光里露出智慧的光芒。玛丽从未如此近距离地观察一只乌鸦，这让她有点紧张。不过乌鸦马上就拍打着翅膀飞过花园了。玛丽不希望它呆在花园里，她推开门，心里琢磨着它会不会飞走。当她走进花园时，她明白了，这只乌鸦打算在这里定居了，因为它已经停在一棵低矮的苹果树上，树下躺着一只长着浓密尾巴的红色小动物，和乌鸦一样，正在看着蹲在草地上的红头发的迪肯，迪肯正在专注地干活。

荒原上一片湛蓝，

整个世界看来好像都被施了魔法。

玛丽飞奔过去。

“啊！迪肯！迪肯！”她喊道，“你怎么这么早就来了！太早了！太阳才刚出来啊！”

他站起身来，露出灿烂的笑容，头发乱蓬蓬的，眼睛像蓝天一样清澈。

“嗯！”他说，“我比太阳起得早多了，我才不要躺在床上呢。一大早全世界都苏醒了，干活的干活，唱歌的唱歌，筑巢的筑巢，空气中散发着各种花香，都在催促你赶快起床，别再躺着了。太阳一升起来，整个荒原都欢天喜地的。我就在石楠花间，疯了似的跑啊、喊啊、唱啊，直接就到这来了。我没法离开这儿，天啊，花园就在这儿等着我来呢。”

玛丽把手放在胸脯上，气喘吁吁地，好像刚刚跑了很长一段路似的。

“噢！迪肯！迪肯！”她说，“我高兴得都没法呼吸了。”

长着浓密尾巴的小动物看见他在和陌生人说话，连忙从树下站起来，朝他走过来。乌鸦又开始嘎嘎叫起来，从树枝上飞下来，安静地停在他的肩膀上。

“这就是那只小狐狸，”他揉着红色小动物的脑袋，“我给它起名叫船长。这是煤球。煤球今天早上跟着我，从荒原飞过来的；船长也一路就像逃命似的跑过来。它们都和我一样，恨不得早点来。”

两个小动物看起来一点也不怕玛丽。迪肯四处走动时，煤球停在他肩膀上，而船长就安静地跟在他身边。

“看这儿！”迪肯说，“这里都发芽了，还有这！看看那！”

他俯身跪下，玛丽也在他身边蹲下。他们看到一整片番红花，绽放出紫色、橙色和金色的花朵。玛丽低下头，对着花朵亲了又亲。

“你是不会这样亲吻一个人的，”她抬头的时候说道，“但对花朵，就不一样。”

他看起来困惑不解，但还是微笑着。

“哦！”他说，“我常常这样亲我妈妈，有时候，我在荒原上逛了一天，回家的时候，妈妈就迎着夕阳，站在门口，高高兴兴的样子，让人舒服极了。”他们在花园里跑来跑去，随处都能碰到惊喜，以至于必须互相提醒才能小声说话。他指给玛丽看那些好像已经枯萎的玫瑰树枝上鼓出的花苞，还有土堆上窜出来的小绿芽。他们仔细闻着泥土的味道，感受春天的温暖气息，兴高采烈地又踢又拽，小声笑着，玛丽的头发和迪肯一样贴在额头上，双颊也是红扑扑的。

那天早晨，秘密花园里充满欢声笑语，其间发生了一件最让他们高兴的事情。有什么东西从围墙上极快地飞过来，穿过树丛，停在附近的角落里。这是一只红色胸脯的小鸟，它的脖子上还挂着什么东西。迪肯一动不动地站着，手放在玛丽身上，仿佛他们来到了一个大教堂一样，不敢大声说笑。

“我们不要动，”他一口约克郡口音，低声说道，“喘气也得小点声。上次我看见它的时候，它正在求偶。这是本的知更鸟，它正在筑巢呢。要是我们没吓着它，它就会留在这里。”两只小鸟轻轻地落在草地上，一动不动地站着。

“我们不能让它觉得我们在看它，”迪肯说，“要是它觉得我们多管闲事，以后就不会来了。等它把巢弄好，就不会这样了。它正在组织家庭，所以才会羞羞答答，疑神疑鬼的，现在，它根本没时间四处溜达或者说长道短。我们必须一动不动，就好像花花草草一样，等它对咱俩看习惯了，我再吹首曲子，它就明白咱俩不会坏事的。”

玛丽小姐对于如何看起来好像花花草草并不像迪肯那样那么得心应手，可是这么古怪的一件事情，在迪肯嘴里变得好像是世界上再简单再自然不过的事。玛丽觉得，迪肯对于变成花花草草很在行，她仔细地观察着，想知道他是如何变成绿色，然后长出树枝和叶子的。可迪肯不过是安静地坐在那里，放低声音，用几乎听不见的声音说话，可玛丽又确实能听见。

“筑巢是春天的一部分，”他说，“我敢说，从世界开始的那天开始就是这样。动物们有自己的一套，人类最好别干涉。要是你在春天的时候太好奇，你会失去朋友的。”

“可是谈论它的时候我总是忍不住要去看着它，”玛丽尽可能小声说，“我们必须得说点别的。我有点事要跟你说。”

“它会希望我们谈点别的。”迪肯说，“你想告诉我什么？”

“嗯，你认识科林吗？”她小声说。

他回头看着她。

“你知道他？”他问。

“我见过他。这个礼拜我每天都去看他。他想让我过去，他说我能让他忘记自己是个要死的病人。”玛丽说。

惊讶的表情在迪肯圆圆的脸蛋上消失了，他如释重负。

“我太高兴了，”他大声说，“我简直太高兴了。现在我感觉好多了。我知道我不能把科林的事告诉你，可是我又不喜欢遮遮掩掩的。”

“你不想保守秘密花园这个秘密吗？”

“我永远都不会说出去的，”他说，“但是我跟我妈妈说了，‘妈妈，’我说，‘我得保守一个秘密，不是个坏秘密，你知道的，就跟鸟儿的巢筑在哪里差不多的秘密。你介意吗？’”

玛丽一直喜欢听妈妈说的话。

“她怎么说？”她问，一点也不害怕。

迪肯好脾气地咧嘴笑着。

“她还是老样子，”他回答道，“她揉揉我的头，笑着说：‘哦，你想有多少秘密就有多少秘密。我养了你十二年，我了解你。’”

“你是怎么知道科林的？”玛丽问。

“知道克莱文先生的人都知道他有个小孩，这个孩子以后可能会变成个驼子。他们也知道克莱文先生不想让别人谈论这个小孩。大家都为克莱文先生感到难过，因为他的夫人非常漂亮，他们非常相爱。麦德洛克太太每次去怀特村的时候，都会经过我家，她们聊天都当着我们的面，因为她知道我们都是信得过的孩子。你是怎么发现他的？玛莎上次回家的时候说自己惹上大麻烦了，她说你听见科林发火了。你还问了她很多问题，她都不知道怎么回答你。”

于是，玛丽告诉迪肯，她是如何被夜里呼啸的风声吵醒，然后寻着远处模糊的抱怨声，拿着蜡烛穿过漆黑的走廊，最后推开门，走进到光线微弱角落里摆着四柱床的房间。当她描述科林象牙般的小脸和被奇怪的黑色睫毛包围的眼睛时，迪肯摇了摇头。

“他长了一双和他妈妈一模一样的眼睛，只不过夫人的眼睛总是透着笑意。”他说，“他们说，克莱文先生之所以不想看见科林，就是因为他长了和他妈妈一样的眼睛，但是脸蛋却那么忧郁苦楚。”

“你认为他想死吗？”玛丽小声说。

“不，但是他希望自己根本就没有出生。妈妈说这对一个孩子来说是最不幸的事儿了。一个小孩，如果没人关心，是不能好好长大的。能用钱买的东西，克莱文先生都买给那个可怜的孩子，可是内心上却想忘记他的存在。因为他害怕有一天，那个孩子也变成一个驼背。”

“科林很害怕有一天他坐不起来了，”玛丽说，“他说，要是哪天他发现自己长了大包，他就会疯狂地一直尖叫，然后死掉。”

“啊！他不应该整天躺着胡思乱想。”迪肯说，“要是一个小孩脑袋里整天想这些，身体怎么会好呢？”

小狐狸躺在迪肯身边，时不时地抬起头，希望迪肯拍拍它，迪肯就会弯下身，轻轻地摸摸它的脖子，安静地思考一会。然后，他抬起头，目光扫视着花园周围。

“我们第一次到这来的时候，”他说，“一切都好像灰蒙蒙的。现在一切都不同了。”

玛丽看了看，屏住了呼吸。

“天啊！”她喊道，“灰色的墙变了，上面好像爬满了绿色的薄雾，现在好像披上一层绿色的薄纱。”

“是啊，”迪肯说，“而且会越来越绿，直到灰色完全消失。你知道我在想什么吗？”

“我知道是好事情，”玛丽急切地说，“我猜是科林的事。”

“我在想，如果科林能到这儿来，他就不会每天想着自己的后背等着长大包；他会看玫瑰鼓出花苞，会变得健康的。”迪肯解释道，“我在想，我们能不能把他带到这儿来，他可以坐在轮椅里，在大树下面呆着。”

“我也是这么想的。每次和他说话的时候我都这么想，”玛丽说，“我不知道他能不能保守秘密，我能不能把他带到这儿来不被别人发现；我还想，也许你能帮忙推他的轮椅。医生说他必须呼吸新鲜空气。如果他同意我们带他出来，没人敢反对。他不愿意和别人出来，所以如果他愿意跟我们出来，其他人也会高兴的。他可以命令那些园丁离远点，这样他们就不会发现了。”

迪肯思考得太专心了，他在“船长”的后背上挠了挠。

“我敢保证，这对他大有好处，”他说，“我们不能觉得他最好没出生。我们两个每天看着花园复活，现在也算上他一个。两个小男孩和一个小女孩在春天看着花园复活，我认为这会比医生的那套好得多。”

“他在房间里躺着的时间太长了，又一直担心自己的后背会长出大包，所以才变得那么古怪，”玛丽说，“他除了从书本上看到的知识以外，其他的一无所知。他说，因为自己一直生病，所以从来不去关注别的事情，他讨厌出门，讨厌花园，讨厌园丁。但是他喜欢听这个花园的故事，因为这是个秘密。我不敢告诉他太多，但是他说他也想来这里看看。”

“过些时候我们一定得把他带到这来，”迪肯说，“我负责给他推轮椅。刚才我们一直坐着，你注意到知更鸟和它的小爱人了吗？你看，它落在树枝上了，正在犹豫着该把小树枝放在哪儿呢。”

他发出低声的呼唤，知更鸟回过头，好奇地看着他，嘴里还叼着小树枝。迪肯也和本一样，能跟知更鸟说话，不过他的口气是温柔的。

“这个树枝，你把它放在哪儿都不错，”他说，“你从一出生就知道如何筑巢了，继续干吧，时间宝贵哦。”

“天啊，我真喜欢听你跟它说话！”玛丽愉快地笑着说，“本总是责骂它，取笑它。你看，它乱蹦乱跳，好像每句话都能听懂似的，我知道它也喜欢和你说话。本说，它是个自以为是的家伙，宁可别人朝它扔石头，也不想别人看不见它呢。”

迪肯也笑了，然后继续和知更鸟说话。

“你知道，我们不会给你添麻烦的，”他对知更鸟说，“我们也和小动物差不多，我们也在筑巢呢。我们会替你祈祷的。你要帮我们保守秘密啊。”

知更鸟嘴里叼着东西，没有回答他。可是玛丽知道它已经带着自己的小树枝，回到了花园那个属于自己的角落里了。它那乌黑的眼睛告诉她，它一定会保守秘密的。

第十六章

“我不会的！”玛丽说

那天早晨，他们在花园里干了很多活，玛丽忙到很晚才回房间，之后又着急赶回花园，最后一刻才想起科林。

“告诉科林我不能去看他了，”她对玛莎说，“我在花园里忙着呢。”

玛莎看起来很害怕。

“啊！可是玛丽小姐，”她说，“我要是这么跟他说，他会不高兴的。”

可是玛丽并不像其他人那样害怕科林，而且她也不是那种宁愿自我牺牲的人。

“我不能呆在这儿了，”她说，“迪肯在等着我呢。”说完她就跑掉了。

下午的时光比上午更加愉快，也更加忙碌。他们清理了花园里的杂草，又修剪了树木和玫瑰，还翻了土。迪肯带来了自己的铁锹，教会玛丽使用所有的工具。到现在为止，很显然，虽然这片可爱而荒芜的地方不大可能变成“园丁的花园”，可是到春天结束的时候，这里肯定会成为一个欣欣向荣的地方。

“以后，这里会有苹果花和樱花，”迪肯使出全身的劲干活，“墙边的桃树、李子树也会开花，草地上到处都绽放着花朵。”

小狐狸和小乌鸦一如既往地忙个不停，知更鸟带着自己的小爱人像轻快的闪电般飞来飞去。有时候，小乌鸦拍打着黑色的翅膀，飞到花园的树梢上。每次飞回来时，都会停在迪肯身边，嘎嘎叫着，好像在讲述自己的冒险经历，迪肯也会跟它交谈，就像他和知更鸟说话一样。有一次，迪肯因为太忙，一开始没搭理它，小煤球就飞到他肩膀上，轻轻地用嘴巴啄他的耳朵。玛丽歇着时，迪肯会在树下挨着她坐下，有一次，他从口袋里掏出笛子，吹了一首陌生而轻柔的曲调，引来围墙旁的两只松鼠围观倾听。

“你比以前结实多了，”迪肯看着正在挖地的玛丽，说道，“你看起不一样了，非常明显。”

玛丽确实容光焕发，一副兴高采烈的样子。

“我一天比一天胖了，”她高兴地说，“麦德洛克太太得给我买点大号的衣服了。玛莎说我头发浓密了，不像以前那样干枯纠结了。”

太阳落山了。他们分开时，金色的阳光从树木间斜射过来。

“明天会是个好天气，”迪肯说，“太阳一出来我就干活。”

“我也是。”玛丽说。

玛丽飞快地跑回房间，她迫不及待地要把迪肯的小狐狸、小乌鸦和春天的变化告诉科林，他一定会愿意听的。可是当她打开门，却看见玛莎正苦着一张脸正在等着她。真让人扫兴。

“怎么了？”她问，“你告诉科林我不能去看他，他说什么了？”

“哦！”玛莎说，“我真希望你去了。他差点就大发脾气，我们费了好大的劲才没让他发作。他一直都在看表呢。”

玛丽的嘴唇抿得紧紧的。她和科林一样，都不是愿意为别人考虑的人，她看不出这个坏脾气的男孩有什么理由干涉她最喜欢的事。她对那些长期生病而神经紧张的人一点同情心也没有。他们难道不能控制一下自己的脾气，非要把别人也弄得和自己一样紧张兮兮的吗？她以前在印度时，有次头痛，就想尽办法也让其他人头痛，好像这样她就能好受点似的。当然，她现在觉得科林这么做可不对。

她进入房间时，科林没坐在沙发上，他正躺在床上，瞧都没瞧玛丽一眼。这可不是个好兆头，不过玛丽还是硬邦邦地朝他走过去。

“你为什么不起床？”她说。

“我早上起床了，”他也不看她，“下午我又让他们扶我上床了。我后背疼，头也疼，我很累。我以为你会过来，你为什么没来？”“我和迪肯在花园干活了。”玛丽说。

科林皱着眉头看着玛丽，好像自己屈尊了似的。

“如果你不来陪我说话，而去跟他呆在一起，我就不准那个男孩到这儿来。”

玛丽噌地一下就发火了。她能一声不吭就爆发，变得尖酸，倔犟而且不顾后果。

“要是你把迪肯撵走的话，我就再也不到你这儿来了！”她还嘴道。

“我叫你来，你就必须来。”科林说。

“我偏不来！”玛丽说。

“我有办法让你来，”科林说，“他们会把你拽过来的。”

“悉听尊便，公子先生！”玛丽严厉地说，“他们可以把我拽进来，但是他们不能让我说话。我会坐在这儿，咬紧牙关，一句话也不说，我甚至都不会看你一眼。我就盯着地板！”

他们俩怒视对方的样子，还真是可爱。如果他俩是街头上的小男孩，一定会一言不合就厮打到一起。事实上，他们正打算这么做。

“你是个自私的家伙！”科林喊道。

“那么你呢？”玛丽说，“自私的人才会说别人自私的。不顺着你的意思做事，你就说他们自私。你比我还要自私，你是我见过的最自私的人。”

“我不是！”科林打断她，“我才不像你的好迪肯那么自私！他明明知道我自己孤零零的，还缠着你一起玩。要我说的话，他才是最自私的！”

玛丽气得眼睛都冒火了。

“他是世界上最好的男孩！”她说，“他是——他就像天使！”虽然听起来有点可笑，不过她并不在乎。

“好一个天使！”科林残忍地嘲笑道，“他不过就是荒原上一个再普通不过的农村小子！”

“他可比你这个公子哥强多了！”玛丽反驳道，“强一千倍！”

玛丽因为身体比较好，所以渐渐占了上风。事实上，科林长这么大，除了和他自己，还没和任何人吵过架。其实，吵架对他很有好处，尽管他和玛丽都没意识到这一点。他把头靠在枕头上，闭上眼睛，挤出一颗硕大的泪珠，泪珠顺着面颊流下来。他开始觉得很难过，为自己——而非为其他人。

“我没有你自私，因为我总是生病，而且我敢肯定，我后背上正在长一个包，”他说，“我就要死了。”

“你才不会死呢！”玛丽毫不同情地反驳他。

他生气地睁大眼睛，还没人对他说过这样的话。一时间，他既生气，又高兴，如果人能同时拥有这两种感情的话。

“我不会死？”他喊道，“我会死的！你知道我会死的！大家都这么说。”

"我不相信!"玛丽尖酸地说,"你这么说不过是为了让别人难过罢了。我相信你很得意吧。我就不相信!如果你是个善良的好男孩,我可能会相信你,可是你太坏了。"

尽管后背虚弱,科林还是从床上坐起来,他生气的时候跟一个健康的人不相上下。

"滚出去!"他喊道,抓起枕头朝她扔过去。他力气不大,枕头掉在玛丽脚下,玛丽的脸像胡桃钳一样纠结地拧在一起。

"我正要走,"她说,"而且再也不来了!"她走到门口,回头又和科林说了一句话。

"我本来想把好玩的事情都告诉你的,"她说,"迪肯带来了狐狸和小乌鸦,我正要把这些都告诉你,但是现在,我什么也不跟你说了!"

玛丽大踏步地走了出去,把门在身后关上,她吃惊地发现护士正在门外站着,她好像一直都在偷听。更令人奇怪的是,她还在哈哈大笑。她是一位年轻漂亮的女人,本来就不像个做护士的,她受不了病怏怏的人,总是找借口把科林留给玛莎或其他人照看,玛丽对她一点好感也没有。护士用手帕捂着嘴偷笑,玛丽就站在那儿,抬头看着她。

"你笑什么?"她问护士。

"笑你们两个小家伙,"护士说,"他是个被惯坏了的小病号,偏偏你也被惯坏了,还跟他针锋相对,真是太好了。"说着又用手帕捂着嘴巴笑起来,"要是他有个难缠的妹妹,没准是他的救星呢。"

"他会死吗?"

"不知道,我才不关心呢。"护士说,"他的病一半是自己歇斯底里气出来的。"

"什么是歇斯底里?"玛丽问。

"等他脾气发作的时候,你就知道什么是歇斯底里了。不过,你已经让他发脾气了,我很高兴。"

玛丽回到房间,刚从花园回来时的那股高兴劲全没了。现在她又生气又失望,可她一点也不同情科林。她有那么多事想要告诉他,还决心要把那个大秘密告诉他。她本来以为他是值得信赖的,可现在她完全不那么想了。她永远也不会把秘密告诉他,就让他躺在房间里,没有新鲜空气,想死就死吧!他就是该死!一时间,她又变得尖酸刻薄,冷酷无情了,以至于差点忘记了迪肯,忘记了满世界的绿色薄纱,还有吹过荒原的徐徐微风。

到现在为止，

很显然，

虽然这片可爱而荒芜的地方不大可能变成“园丁的花园”，

可是到春天结束的时候，

这里肯定会成为一个欣欣向荣的地方。

看到玛莎正在等着她，她一脸的怒气才暂时被好奇取代。桌子上放了一个木头盒子，盖子已经打开了，露出许多整齐的小包裹。

“克莱文先生派人给你送过来的，”玛莎说，“看样子好像是图画书。”

玛丽记得她去他房间的那天，先生问她：“你想要什么东西吗？布娃娃？玩具？书？”她打开包裹，琢磨着如果他送她一个洋娃娃她该怎么办，但是他送的不是洋娃娃，而是几本和科林差不多的漂亮的书，其中有两本是关于花园的，都是图片。还有两三副纸牌，有一个漂亮的小写字本，上面有金色的交织文字，一支金色的钢笔，一个墨水瓶。

这些漂亮的东西也把她的气愤赶跑了，她本来没指望先生还能记得她，可现在，她那颗小小的心灵又开始变得温暖了。

“我的字写得比印刷体还要好看，”她说，“现在我要用这支笔做的第一件事，就是写信告诉先生，我很感激他。”

要是她和科林做了朋友，她一定马上跑过去给他看这些礼物，他们会一起看图片，一起读园林书，可能还会试着打打牌。他一高兴，就不会去想自己要死的事了，也不会把手放在后背上摸自己是不是长包了。玛丽受不了他摸自己后背的样子，他害怕的表情让玛丽不舒服。他说要是哪天他摸到包了，哪怕是很小很小的一个包，他都知道自己开始变驼背了。他从麦德洛克太太和护士的窃窃私语中听到的一点东西，就一直放在脑里琢磨来琢磨去，慢慢地就确信不疑了。麦德洛克太太曾经说过，他父亲的后背就是在童年时开始变成驼背的。除了玛丽，他没告诉过别人，他的所谓的“狂风暴雨”，大多是隐藏的歇斯底里的恐惧。玛丽知道以后，真心为他难过。

“每当他生气或者疲惫的时候，他就爱胡思乱想，”她对自己说，“今天他就生气了。也许……也许他一下午都在乱想。”

她站着不动，低头看着地毯，脑子里不停地想着。

“我说过我再也不去看他了，”她犹豫了，皱着眉头，“但是也许……也许我应该回去看看，也许他想见我。明天早上吧。可能他还会朝我扔枕头，但是，我想，我还是会去的。”

第十七章

怒气冲冲

第二天，玛丽一大早就起床了，在花园里辛勤地工作了一天，回来时已经又困又累。玛莎把晚餐端上来，她吃过饭后就高高兴兴地上床睡觉了。头一挨着枕头，她就嘀咕着："明天我要在早饭之前，先溜出去和迪肯一起干活，然后，我想，我会去看他的。"

应该是在午夜时分，她就被一阵可怕的声音吵醒了，吓得她一骨碌坐了起来。那是什么声音？是什么声音如此可怕？不出一分钟，她就明白了。房间门被打开又关上，走廊里到处是匆忙的脚步声，有人在哭喊着，听着就让人害怕。

"是科林，"她说，"他又发脾气了，就是护士说的歇斯底里。听着可真吓人。"

她听着科林夹着啜泣的尖叫声，这才理解，为什么所有人都要对他百依百顺了。这声音实在是吓人。她用手捂住耳朵，可还是浑身颤抖，难受极了。

"我不知道该怎么办，我不知道该怎么办，"她不停地说着，"我受不了这种声音。"

她一度想到，要是自己胆敢去见他，他会不会不喊了呢。可是，她又想起自己是如何被他撵出房间的，恐怕她去了，只会让他更生气。她把手捂得更紧了，但可怕的声音还是钻进了耳朵里。她又恨又怕，突然她感觉很生气，恨不得也大发雷霆，好去吓唬吓唬科林。她还不习惯忍受别人的坏脾气。她把手从耳朵上拿下来，跳起来跺着脚。

"他必须得停下来！得有人让他停下来！得有人揍他一顿！"她大声说。

正在这时，她听到走廊里传来一阵脚步声，然后门开了，护士走了进来。她的脸上一点笑意也没有，甚至非常苍白。

"他已经歇斯底里了，"她匆匆忙忙地说，"恐怕他会伤害自己的。

大家都对他束手无策，你去试试，乖，他喜欢你的。”

“可是他昨天晚上把我撵出去了。”玛丽激动地跺着脚。

看到玛丽跺脚，护士高兴坏了。她就担心看到玛丽哭着把头藏在床单底下，但是没有。

“这就对了，”她说，“就是要你这样的情绪。你去骂骂他，让他想点别的。去吧，孩子，快点去。”

直到后来，玛丽才意识到这件事除了可怕以外，还非常有趣——这些大人吓得要去找一个小女孩，就因为他们觉得她和科林一样难对付。

她在走廊上飞奔起来，离尖叫声越近她就越生气。跑到门口时，她已经气急败坏了。她一把推开门，跑到四柱床边。

“停！”她大喊，“你给我停下来！我讨厌你！所有人都讨厌你！我真希望这房子里的人都跑出去，让你在这自己喊死算了！你马上就会把自己喊死的，我希望你马上就喊死！”充满同情心的善良小孩无论如何也不会说出这样的话，甚至都不会这么想。可对这个从来没有人敢说个不字的小男孩来说，这种话带来的震惊可能是制止他歇斯底里的最好的办法了。

科林一直趴着，双手捶打着枕头。听见玛丽愤怒而又孩子气的声音，他立刻转过头，几乎跳了起来。他的脸看起来可怕极了，一会白，一会红，哭得上气不接下气。但是，气急败坏的小玛丽才不管这些呢。

“你要是再敢叫一声，”她说，“我也叫，而且保证比你的声音还大，我会吓着你的，我一定会吓着你的！”

他实际上已经被吓得不喊了，憋回去的尖叫差点让他窒息。他甩了甩还在脸上淌的眼泪。

“我停不下来！”他上气不接下气地抽泣着，“我停不下来！”

“你能！”玛丽喊道，“让你生病的一半原因就是你的歇斯底里和坏脾气——歇斯底里——歇斯底里——歇斯底里！”每说一次她都要跺脚。

“我摸到那个包了，我摸到了，”科林抽噎着说，“我早就知道我会长包的。我会变成个驼背，我会死掉的。”他又开始打起滚来，仰着脸哭闹，不过不尖叫了。

“你根本就没有摸到包！”玛丽严厉地说，“就算你真的摸到了，那也不过是个歇斯底里的包，歇斯底里就会长包。这和你那可怕的后背一点关系也没有，不过是歇斯底里罢了！转过去让我看看。”

她喜欢歇斯底里这个词，某种程度上，这个词对科林也有效果，可能他和玛丽一样，以前从没听过这个词。

“护士，”她命令道，“你马上过来，给我看看他的后背。”

护士、麦德洛克太太和玛莎三个人一直挤在门边站着，半张着嘴巴，吓得上气不接下气。护士好像害怕似的往前靠了靠，科林哭得身体上下起伏。

“也许——也许他不肯让我看。”她小声地说。

科林听见后，边哭边说：“给……给她看！她看见就知道了。”

科林赤裸的后背瘦弱单薄，你甚至能查出他有多少根肋骨和关节，尽管神情冷淡的玛丽小姐弯身检查的时候并未去查。她看起来尖酸古板，护士看了，都忍不住转头撇了撇嘴。大家只沉默了一分钟。玛丽把科林的后背从上看到下，又从下看到上，专注的样子好像自己是伦敦来的著名的医生一样，连科林都忍不住要屏住呼吸了。

“一个包也没有！”最后她说，“连针眼那么大的包都没有——除了脊椎关节，这还是因为你太瘦了。我自己也能摸到脊椎关节，以前也像你一样鼓出来，后来我长胖了，不过还没胖到摸不出来的地步。你后背上连个针眼大的小包都没有！要是你再说自己后背长包，我就笑话你了！”

除了科林，恐怕没人能明白，玛丽孩子气的训斥在他身上起了什么样的效果。在过去的日子里，如果他能向别人倾诉自己不为人知的恐惧，鼓起勇气向他人询问，如果他有小伙伴陪伴，而不是每天躺在空荡荡的房间里，被那些无知的大人吓唬，他早就会发现，自己的恐惧和疾病大部分是凭空想象的。可他一直躺着，想着自己的病痛和疲倦，日复一日，年复一年。如今，这个毫无怜悯心的小女孩凶巴巴地告诉他，其实他并不像自己感觉的那么严重，他开始觉得也许她讲的是真话。

“我不知道，”护士大着胆子说，“我不知道他竟然以为自己脊椎上长了个包。他不肯坐起来所以后背一直没有力气，我应该早点告诉他后背没长包。”科林倒吸了一口气，转过头看着她。

“真的吗？”他可怜巴巴地问。

“真的，先生。”

“我说的对吧!”玛丽说。

科林抬起头,一阵狂风暴雨似的哭泣,之后仍然是上气不接下气地抽泣着,尽管安静地躺着,可脸蛋上还是淌着眼泪,泪水弄湿了枕头。事实上,这是如释重负的眼泪。他转头看向护士,说话的样子一点也不像个小王侯了。

“你觉得——我能活到长大吗?”

尽管护士并不聪明,也不心软,可她还是重复着伦敦来的医生的话。

“如果你能听医生的话,别乱发脾气,多去户外呼吸新鲜空气,你很有可能会康复的。”

科林不再生气了。他哭得筋疲力尽,非常虚弱,这使他看起来温柔多了。他向玛丽轻轻地伸出手,我们也欣喜地看到,因为他不再发火,玛丽态度也温柔了,她伸出手迎向科林。两个人就算是和好了。

“我会——我愿意和你一起出去,玛丽,”他说,“我不再讨厌新鲜空气了,要是我们找到——”还好他及时想起来,没说出“要是我们找到秘密花园”这句话。他后来改为,“要是迪肯能过来帮我推轮椅的话,那就太好了。我好想去看迪肯还有他的狐狸和乌鸦。”

护士重新整理了皱巴巴的床单,又把枕头拍平,然后她给科林端来一杯牛肉汁,也给了玛丽一杯,这着实让刚刚兴奋的玛丽高兴了一番。麦德洛克太太和玛莎高兴地溜走了,当一切都恢复秩序,一片整洁宁静之后,护士似乎也巴不得赶紧溜走。作为一个健康的年轻女人,她讨厌被别人剥夺睡眠时间,当着玛丽的面就哈欠连天。而玛丽,已经把大脚凳挪到了四柱床旁边,握着科林的手。

“你回去睡一会吧,”护士说,“要是他不太难过,他一会就能睡着了。然后我会在隔壁房间睡的。”

“我给你唱一首歌吧,是我奶妈以前唱给我听的,好不好?”玛丽小声地跟科林说。

他轻轻地拽着玛丽的手,恳求地看着她。

“哦,好啊。”科林说,“那是一首温柔的歌曲。我听了会马上睡着的。”

“我会哄他睡觉的,”玛丽对正在打哈欠的护士说,“你要是想走,就走吧。”

“好吧,”护士扭扭捏捏地说,“要是过了半小时他还没睡着,你就叫我。”

“好的。”玛丽回答道。

护士一离开房间，科林就拽住玛丽的手。

“我差点就说出来了，”他说，“还好我及时住口了。我不会说出去的，我马上就睡觉。不过你说你有一大堆好玩的事情要告诉我，你，你发现怎么去秘密花园了吗？”

玛丽望着他疲惫的小脸和深陷的眼窝，不禁对他生出怜悯之情。

“嗯，嗯，”她说，“我觉得找到了。你要是乖乖睡觉，我明天就告诉你。”他听后手激动得都颤抖了。

“哦，玛丽！”他说，“哦，玛丽！要是我能去秘密花园看看，我就能活着长大了！你别给我唱奶妈教你唱的那首歌了，给我讲讲你想象中的秘密花园里是什么样的，好吗？就像我们第一次见面时那样，轻轻地跟我说说话。这样，我就能睡着了。”

“好的，”玛丽说，“那你闭上眼睛。”

他闭上眼睛，一动不动地躺着。玛丽握着他的手，开始讲起来，她声音很小，说得很慢。

“我想，那里已经被遗忘了太久了，久得一切都乱成了可爱的一团。玫瑰花不断地攀援、攀援、攀援，从树枝和围墙上垂落下来，爬满一地，好像一片奇怪的灰色薄雾。有些玫瑰已经死了，可还有很多活了下来。夏天一到，玫瑰花就会开满一地。我想，到时候土地上会长满了水仙花、雪莲花、百合花和鸢尾花，它们都会从土地里冒出来的。现在，春天已经来了，也许——也许——”

玛丽小声地讲着故事，科林越来越安静，玛丽见状，就继续讲着。

“也许它们正从草地里冒出来；也许它们是紫色和金色的番红花；也许现在就已经开花了呢；也许树叶已经舒展了——也许——灰色的薄雾已经变成了绿色的薄纱，爬得满地都是。小鸟也飞了过来，因为这里如此宁静，如此安全。也许——也许——也许——”她声音很低，语速很慢，“知更鸟已经找到了爱人，正在筑巢呢。”

就这样，科林进入了梦乡。

第十八章

“你不该浪费时间”

当然，第二天上午，玛丽不能起早了，她累得睡过了头。当玛莎过来送早餐时，告诉她一些事。她说，科林现在安静极了。他生病了，发了高烧。他每次嚎啕大哭之后，都会累得筋疲力尽。玛丽边吃早餐边听玛莎说话。

“他说他希望你尽快去看看他，”玛莎说，“真奇怪，他居然这么喜欢你。昨晚你教训他了，对不对？还没人敢这么做呢！可怜的孩子！他被惯得不像话了。我妈妈说，对小孩子来说，有两件事情最糟糕，事事都顺心，或者事事都不顺心，她也不知道哪个更坏些。昨天晚上，你自己的脾气也很厉害呢。不过，今天我到他房间的时候，他对我说：‘请你让玛丽小姐过来跟我说说话好吗？’你能想象到吗？他居然说了‘请’字。你会去吗，小姐？”

“我得先去看看迪肯，”玛丽说，“算了，我还是先去科林那儿吧，我得告诉他——我知道得跟他说什么。”玛丽突然想起了什么。

她戴着帽子出现在科林的房间里，有一瞬间，科林看起来略显失望。他躺在床上，脸色苍白，还有黑眼圈。

“你来了我很高兴，”他说，“我头疼，浑身都疼，我太累了。你要去哪儿？”

玛丽走过去，靠在他的床边。

“我不会去太久的，”她说，“我现在去找迪肯，不过我一会儿就回来。科林，这事儿——这事儿是关于花园的。”

他整张脸顿时一亮，有了一丝血色。

“哦！真的吗？”他大声说，“我一整晚都梦见了花园，梦里你说灰色变成了绿色，我还梦见自己站在一个长满了绿色树叶的地方，小鸟在那里筑巢，它们看起来温柔而又安静。你回来之前，我会一直躺着，就想这件事儿的。”

五分钟后，玛丽已经和迪肯在花园里了。小狐狸和小乌鸦依然和他在一起，不过这次，他还带来了两只温驯的松鼠。“今天早上，我是骑着小马来的。”他说，“哦！它可真是个好样的！‘跳跳’真是太棒了！我还把这两个小东西揣在兜里，这只叫果仁，另外这只叫果壳。”

他说起“果仁”时，有一只松鼠跳到了他的右肩上；当他说“果壳”时，另外一只跳到了他的左肩。

他们坐在草地上，“船长”蜷缩在他们脚下，“煤球”站在树上，一脸严肃地听着什么，“果仁”和“果壳”则在他们周围，探着鼻子到处闻。这一切如此美好，玛丽似乎无法离开这里了。可是，当她跟迪肯说起昨天晚上的事情，他那张好玩的脸上浮现的表情使她改变了主意。她看得出，迪肯要比自己更同情科林。他抬头看着天空和四周。

“你听，小鸟叽叽喳喳地叫着，好像整个世界都是它们的。”他说，“它们四处飞翔，春天一到，它们便呼朋唤友，结伴而行。春天来了，好像整个世界都在欢呼。树叶也舒展了，到处都弥漫着花香！”他微微上翘的鼻子仔细闻着，“可是，那个可怜的男孩，他把自己关在屋里，什么也不看，整天胡思乱想，吓得乱叫。天啊！我们必须带他到这儿来。让他看一看，听一听，闻一闻，让他在空气中、在阳光下尽情地呼吸。我们得快点，不能再浪费时间了。”

他一遇到感兴趣的事，就常常不由自主地说约克话。尽管他尽量克制说方言，以便玛丽能听懂。可玛丽喜欢他说约克话，事实上，她还在学说约克话。这次，她就露了一手。

“嗯，咱们得，”她说（“得”的意思就是“是的，必须”），“我告诉你咱俩得先干啥。”她继续说道。迪肯看到小姑娘卷起舌头说约克话的样子，觉得很好玩，不禁咧嘴笑起来。“他老喜欢你了。他想见你，见‘船长’和‘煤球’。我回去后，就问问他明天早上见面成不成——你把这些小动物都带上——然后，等叶子再长多点，冒出一两个花蕾，咱们就把他带出来，推着他的轮椅，带他到这儿看看。”

说完这段话，玛丽一副得意洋洋的样子。她从来没用约克话说过这么长时间。她觉得自己记性真不错。

“你得跟科林少爷用约克话说上一段，”迪肯咯咯笑着说，“他准能被你逗乐，笑一笑对生病的人再好不过了。我妈妈说，要是每天早上能尽情笑上半小时，就算是伤寒病也能治好。”

“今天，我就打算跟他说说约克话。”玛丽自己也咯咯笑着。

这个时候，好似有魔法师日日夜夜在花园穿梭，将土地里、树枝中的种种美好都吸引出来。要把这一切抛在身后离开，真是太难了，尤其是“果仁”已经爬上了她的裙子，而“果壳”已经从他们身后的苹果树上爬下来，呆在那里好奇地看着她。但她还是回到了房子里。她刚靠在床边坐下，科林就像迪肯一样仔细闻着，尽管他的动作实在是有些笨拙。

“你闻起来好像是花朵的味道，非常清新，”他高兴地喊道，“你身上是什么味道？又清凉，又温暖，又甜蜜。”

“这是从荒原上吹来的风的味道；”玛丽说，“这是我和迪肯、‘船长’、‘煤球’、‘果仁’和‘果壳’一起坐在草地上的味道；这是春天户外阳光的味道。”

她把约克话说得很粗野，如果不是亲耳听到，你很难想象约克话能这么粗野。科林听得哈哈大笑。

“你在干吗？”他说，“你以前不这么说话。听起来真好玩。”

“我在跟你说约克话，”玛丽炫耀道，“虽然我不像迪肯和玛莎说得那么地道，但马马虎虎也算不错吧。你自己也是土生土长的约克小孩，你能听懂约克话吗？你脸皮有点厚哦。”

然后她也开始哈哈大笑，他们一起笑得停不下来，笑得房间里都响起回声。麦德洛克太太打开房间门打算进来，听到笑声，又退回到走廊，吃惊地听着。

“我的天哪！”麦德洛克太太非常吃惊，她一看周围没人，也讲起了粗野的约克话，“谁会想到能听到这样的笑声！谁会想到这一切！”

他们有说不完的话。科林听玛丽说起迪肯、“船长”、“煤球”、“果仁”、“果壳”和那匹叫“跳跳”的小马的故事，怎么听也听不够。玛丽曾经和迪肯一起跑到树林里去看“跳跳”。它是一只毛发粗糙、脸蛋漂亮、抽着鼻子的小马，因为每天只吃荒原上的野草，所以长得偏瘦，但却非常结实，腿上的肌肉好像钢筋铁骨一般。它抬起头，一看到迪肯就温柔地嘶鸣着，朝迪肯跑去，还把头靠在迪肯的肩膀上。迪肯就趴在它耳边，跟它说着悄悄话。“跳跳”则眨着眼睛，吹着气，好像回应他似的。迪肯让“跳跳”亲吻玛丽的脸颊，还让它用鼻子闻了闻玛丽。

“它真能听懂迪肯的话吗？”科林问。

“看起来是这样的，”玛丽说，“迪肯说，真正的朋友总是能理解对方。前提是，你们必须得是真正的朋友。”

科林安静地躺了一会，他奇怪的灰色眼睛好像在盯着墙，不过，玛丽知道他其实是在想事情。

“我也希望自己能做别人的朋友，”他最后说，“但是我没有朋友，我一个朋友也没有，我无法容忍他人。”

“你能容忍我吗？”玛丽问。

“能，”他说，“这很有趣，而且，我甚至有些喜欢你。”

“本·伍瑟斯塔夫说，我和他一样，”玛丽说，“他说我和他都是一样的臭脾气。我觉得你和他也一样。我们三个都一样，你，我，还有本·伍瑟斯塔夫。他说，我和他一样，长得都不好看，一副酸溜溜的模样。但我觉得，自从遇见迪肯和知更鸟以后，我不像以前那么尖酸刻薄了。”

“你过去会讨厌别人吗？”

“会的，”玛丽坦率地说，“如果我在遇见知更鸟和迪肯之前看到你，我肯定会讨厌你的。”

科林伸出瘦瘦的小手，碰了碰她。

“玛丽，”他说，“我希望我没有说过要把迪肯撵走的话。当你说他像个天使的时候，我嘲笑了你，我还讨厌你，但是，可能他真的是个天使。”

“嗯，这种说法可能有点可笑，”玛丽坦率地承认道，“因为他长了个朝天鼻，还有一张大嘴巴，穿的是打满补丁的衣服，说话还有约克腔，但是，如果天使真的能来约克郡，能在荒原上住下，如果真的有这样一个约克郡的天使的话，我相信他就像迪肯一样，能理解所有绿色的生物，知道如何让它们生长，如何同野外的小动物交谈，而且知道它们都是朋友。”

“我想，我不会介意迪肯看我，”科林说，“我想见他。”

“听你这么说，我很高兴，”玛丽回答说，“因为，因为——”

玛丽在这一刻突然意识到，现在应该到了告诉他事实的时候了。科林知道，有什么事情要发生了。

“因为什么？”他着急地问。

玛丽一紧张，直接从脚凳上站了起来。她走向科林，一把抓住他的手。

“我能信任你吗？我信任迪肯，因为小鸟都信任他。我能信任你吗？我能吗？”她几乎是在恳求。

这个时候，

好似有魔法师日日夜夜在花园里穿梭，

将土地里、树枝中的种种美好都吸引出来。

她庄严的神色使得科林几乎是耳语似的说出答案。

“是的，你能！”

“嗯，明天一早，迪肯就会来看你，他会带着小动物一起来。”

“天啊！天啊！”科林高兴地叫起来。

“还有呢，”玛丽继续说道，因为紧张和兴奋，脸都白了，“还有更让你高兴的事。有一扇门通向花园，我找到了，就在墙边的常春藤下。”

如果他是一个身体健康的壮男孩，他可能早就欢呼“万岁！万岁！万岁！”了，但他身体虚弱，而且相当神经质，所以他眼睛瞪得越来越大，上气不接下气地喘着。

“天啊！玛丽！”他几乎是带着哭腔喊道，“我能看见它吗？我能进去吗？我能活着去花园里吗？”他紧紧抓着玛丽的手，把她拽到身边。

“当然能看见了！”玛丽愤慨地打断他，“你当然能活着进去了！别说这样的蠢话了！”

玛丽的平静、自然和孩子气使他恢复了理智，他也开始笑话自己。几分钟后，玛丽又坐在脚凳上，告诉他秘密花园实际的样子，而非她原来想象的样子。科林津津有味地听着，把疼痛和疲倦忘得一干二净。

“这和你想象中的完全一样，”他最后说，“就好像你原来就去过那里一样。你第一次跟我说的时候，我就是这么认为的。”

玛丽犹豫了片刻，然后大胆地说出了真相。

“我确实亲眼见过，我进去过，”她说，“我发现了钥匙，几周前就进去了，但是我不敢告诉你，因为我怕我不能信任你，不能完全信任你！”

第十九章

“春天来了！”

就在科林发完脾气的第二天早上，人们又把克莱文医生请了过来。每当发生这种事，他总是要被请过来的，然后他会看到一个苍白颤抖的男孩躺在床上，神色阴沉，神经兮兮，随时会因为一句不起眼的话而痛哭一场。事实上，这样的拜访让克莱文大夫又厌恶又头疼，每到这时，他总要挨到下午才会在米瑟韦斯特庄园露面。

“他怎么样了？”他一到就问麦德洛克太太，“早晚有一天，他会把自己气得血管爆裂的，这个男孩因为歇斯底里和自我放纵已经快疯掉了。”

“嗯，先生，”麦德洛克太太说，“等会你见到他，一定不敢相信自己的眼睛。那个和他一样脸蛋酸溜溜的小孩给他施了魔法了，谁也不知道她是怎么做到的。天知道，她长得不起眼，也不爱说话，但是，她做了我们大家谁也不敢做的事。昨天晚上，她就像个小野猫一样，朝科林扑过去，跺着脚命令他别再尖叫。不知道怎么回事，他好像确实被震慑住了，果真不喊了。今天下午……好了，先生，你去看看就知道了。真让人难以置信。”

克莱文大夫走进小病号的房间，眼前的一幕确实让他大吃一惊。麦德洛克太太一开门，他就听到一阵欢声笑语。科林正穿着睡衣，腰板笔直地坐在沙发上看园林书里的图片。和他一起聊天的小姑娘，虽然貌不惊人，但却神采飞扬，让她显得不那么“不起眼了”。

“这种蓝色的长条植物，我们以后也要种很多，”科林宣布道，“它们叫飞燕草。”

“迪肯说它们是大号的燕草属植物，”玛丽小姐大声说，“花园里已经长出一大片了。”

这时，他们看见了克莱文大夫，马上就不说话了。玛丽一动不动，科林看起来烦躁不安。

“我听说，你昨晚又病了，我很难过，我的孩子。”克莱文先生紧张兮兮地说。他是个很容易紧张的人。

“我现在好了，好多了，”科林说道，俨然一个小王子，“如果这两天天气好的话，我打算坐着轮椅出去。我需要新鲜空气。”

克莱文医生在他身边坐下，摸了摸他的脉搏，好奇地看着他。

“天气必须非常好才行，”他说，“而且，你必须小心，不要太累。”

“新鲜空气不会让我疲倦的。”小王子说道。

以前，就是我们这位年轻的绅士，提起新鲜空气就气得暴跳如雷，大声尖叫，非说新鲜空气会让他染上感冒，然后死掉。现在他却提出要呼吸新鲜空气，难怪医生会感到吃惊了。

“我还以为你不喜欢新鲜空气呢。”他说。

“我一个人的时候不喜欢，”小王侯说，“但现在，我表妹会陪着我。”

“当然，护士也会一起去，对吧？”克莱文大夫建议道。

“不，我不需要护士。”他如此盛气凌人，不禁让玛丽想起浑身都是钻石、祖母绿和珍珠的印度小王子，挥舞着带着巨大红宝石的黑色小手，命令仆人跪拜着接受命令。

“我表妹知道如何照顾我，只要有她在，我就好多了。昨晚就是如此。我认识一个男孩，他很强壮，他会帮我推轮椅的。”

克莱文医生顿时警觉了起来。如果这个身体虚弱、神经兮兮的男孩恢复了健康，他就没有机会继承米瑟韦斯特庄园了。尽管如此，他并非寡廉鲜耻的人，所以他不会任由科林陷入危险。

“那个男孩必须非常强壮才行，还要非常可靠，”他说，“我必须得先了解他的情况。他是谁？叫什么名字？”

“是迪肯。”玛丽突然开口。她觉得荒原上的人都认识迪肯，她没猜错。克莱文医生一听到迪肯的名字，一脸的严肃表情马上就换成了如释重负的笑容。

“哦，原来是迪肯，”他说，“如果是迪肯的话，那就安全了。他就像荒原上的小野马一样结实。”

“而且值得信赖，”玛丽说，“他是约克郡最可靠的男孩。”她一直跟科林说约克话，连她自己都没发觉。

“是迪肯教你这么说话的吗？”克莱文医生哈哈大笑。

“我正在把它当成法语一样学习，”玛丽一本正经地说，“这很像印度的一种方言。聪明人都想学。我喜欢，科林也喜欢。”

"好吧，好吧，"他说，"如果你觉得好玩，那学学也没什么坏处。你昨晚用嗅盐了吗？"

"没有，"科林说，"最开始我不肯用，后来玛丽让我安静了下来。她用低沉的声音，跟我说春天正溜进花园，我听着听着就睡着了。"

"这很让人欣慰。"克莱文医生说。他向玛丽瞥了一眼，她正坐在脚凳上，一声不吭地低头看着地毯。医生更加困惑了："你确实好多了，但你必须记住……"

"我不想记这记那的，"科林打断他，又开始像个小王子一样说话了，"每当我独自躺着，念念不忘自己是个病人时，我就浑身都疼。想起自己的病我就忍不住大喊大叫，因为我实在非常痛恨这个想法。如果世界上有这么一个医生，能让你忘记自己是个病人，而不是时刻提醒你，那该多好。我需要的是这样的医生。"说完了，他挥了挥瘦弱的小手，那只手真的应该带着皇族的红宝石图章戒指。"我的表妹，她让我忘记自己是个病人，所以我就好了。"

克莱文医生从没像这次一样匆匆离去，通常，他都要呆很久，处理一大堆事情。这天下午，他一粒药也没开，一句叮嘱也没说，一点令人不快的场景也没看到。下楼时，他一副心事重重的样子，麦德洛克太太在书屋里和他交谈时，觉得他很是困惑。

"嗯，先生，"她大胆地问，"你能相信吗？"

"事情确实出现了新的变化，"医生说，"毫无疑问，情况比过去好多了。"

"我想，苏珊·索尔比太太说的对，我真的相信，"麦德洛克太太说，"昨天，我去怀特镇，路过她家的时候跟她聊了会。她对我说：'你看，萨拉·安，她可能不是个好孩子，也不算漂亮，但她还是个孩子，孩子需要和孩子一起玩。'我们曾经一起上学，我和苏珊。"

"她是我见过的最好的护理工，"克莱文医生说，"当我在村里遇见她时，我……就知道我的病人有救了。"

麦德洛克太太笑了，她喜欢苏珊·索尔比。

"苏珊·索尔比照顾孩子有自己的一套，"她打开了话匣子，"今天早上，我一直在想她昨天说的一句话。她说：'有一次，我教训那些打架的孩子，对他们说，我上学的时候，从地理课上知道，地球长得就像一个橙子。十岁之前我发现，这个橙子不属于任何人。每个人只不过是拥有自己的一小块，有时候，橙子还不够分的。但是，你们，你们所有人，都觉得好像整个橙子全是你们的，然后你会发现自己大错特错，不撞到头破血流你们是不会明白的。孩子会从孩子身上学到一点，就是试图把橙子连皮带瓤地霸为己有，这是毫无意义的。如果你想独占，可能连皮都捞不到，皮可是苦得没法吃。’”

“她是个聪明的女人。”克莱文医生一边说话，一边穿上了外套。

“嗯，她说话很有智慧，”麦德洛克太太高兴地说，“有时候我跟她说：‘哦，苏珊，要是你是别人，说话没这么重的约克口音，我必须得说你真是很聪明。’”

那天夜里，科林一觉睡到天亮，早上睁开眼睛，他一动不动地躺在床上，浑身是说不出的舒服。清醒的感觉真好啊！他翻了个身，舒服地伸了个懒腰，好像原来紧紧捆住身体的绳索松开了，他解脱了。要是克莱文医生在这儿的话，他一定说，这不过是他的神经系统放松的缘故。这次，他没有像往常一样，躺在床上盯着墙，不愿意醒过来。相反，他脑子里全是昨天和玛丽制定的计划，想着花园的样子，想着迪肯和小动物。能有东西惦记着可真好！不到十分钟，他就听到走廊传来脚步声，接着玛丽就出现在门口了。一眨眼的工夫，她已经在房间里了，她跑到床边，身上还能闻到早晨清新空气的味道。

“你去过外面了！你去过外面了！你身上有树叶的味道，真好闻！”他大声说。

她一直在奔跑，头发也被风吹得松开了，粉红的面颊焕发着光彩，但是科林没注意到。

“太美了！”她跑得有点上不来气，“你从没见过那么美丽的东西！春天终于来了！前几天早上，我就以为春天要来了，结果它还在赶路呢。现在，春天终于来了！春天，终于来了！迪肯就是这么说的！”

“春天来了？”科林喊道，尽管他对此一无所知，但心还是怦怦地跳了起来。他挺直了身子，在床上坐起来。

“打开窗户！”他哈哈大笑，一半因为兴奋，一半因为自己的奇思妙想，“也许，我们能听到金色的小喇叭声。”

玛丽不顾哈哈大笑的科林，马上走过去打开窗户，新鲜而温柔的气息和鸟儿的歌唱蜂拥而至。

“这就是新鲜空气，”她说，“你就躺着，大口大口地呼吸吧。迪肯躺在荒原上就这么做的。他说，他感觉自己的血管里都是新鲜空气。这使他强壮，使他感觉能一直活着，直到永远。呼吸吧，尽情地呼吸吧。”

玛丽鹦鹉学舌般把迪肯跟她说的话重复了一遍，但是科林却被他深深地吸引了。

“直到永远！他真这么觉得吗？”他照玛丽说的，一遍一遍地深呼吸，直到身体觉得愉快而轻松。

玛丽又站在了他的床边。

“植物争先恐后地从地里钻出来，”她急匆匆地说，“花儿开始绽放；小树冒出绿芽，绿色的薄纱盖住了灰色；小鸟忙着筑巢，唯恐落在后面，有些甚至开始在秘密花园里抢地盘了；玫瑰树郁郁葱葱；小路上、树林里，到处都长满了迎春草；我们种下的种子也开始发芽了，迪肯还把狐狸、乌鸦、松鼠和刚出生的小羊羔带来了。”

说完了，她才停下来喘了口气。那个刚出生的羊羔是迪肯三天前在荒原上的金雀花树丛边发现的，小羊羔的妈妈躺在旁边，已经死掉了。这不是他发现的第一只失去妈妈的羊羔，所以他知道如何处理。他把小羊羔裹在夹克里，带回了小屋，把它放在炉火边，喂它吃了点热牛奶。这个浑身软绵绵的小家伙，长了一张可爱的小脸蛋和与身体不相称的长长的腿。迪肯从荒原回来的路上，一直把他抱在怀里，兜里揣着奶瓶还有小松鼠。玛丽坐在树下，膝盖上放着这么一个温暖的小家伙，高兴得说不出话来。一只羊羔！一只羊羔！这只活生生的小羊羔像个小婴儿一样躺在你的膝盖上！

她兴高采烈地说着，科林一边听一边不时地深吸气。这时，护士进来了，看到窗户开着，愣了一下。以前无数个温暖的日子，她都不得不呆在房间里，就因为她的病人说开窗户会使人感冒。

“你真的不冷吗？科林少爷？”她问。

“我不冷，”他说，“我在大口地呼吸新鲜空气，这能使我变得强壮。我要去沙发旁边吃早餐了，我表妹会和我一起吃。”

护士忍着没笑，走出去吩咐送两份早餐过来。她觉得楼下的佣人房比小病号的房间有趣多了。就在刚才，大家都想打听楼上的消息。人们总是拿楼上那个不讨人喜欢的小隐士开玩笑。比如，厨师就说：“总算找到收拾他的人了，谢天谢地。”佣人已经被科林狂风暴雨般的脾气搞得筋疲力尽。那个已经成家的男管家，曾不止一次地表示，他希望小病号“永远躲着不见人，就最好了”。

科林坐在沙发上，桌子上摆着两人份的早餐，他像小王子似的开始说话了。

“今天早上，一只狐狸、一只乌鸦、两只松鼠、还有一只刚刚出生的小羊羔，它们会来看我。它们一到就带它们上楼。”他说，“你们不准把它们留在楼下和你们一起玩，必须及时把它们带到我这里来。”护士轻轻地喘了口气，假装咳嗽掩饰过去了。

“遵命，先生。”她说。

“照我说的，”科林挥了挥手，“让玛莎带它们过来，那个男孩是玛莎的弟弟，他叫迪肯，是一位驯兽师。”

“我希望这些动物不会咬人，科林先生。”护士说。

“我跟你说过了，迪肯是个驯兽师，”科林回答得很简短，“驯兽师的动物是不会咬人的。”

“印度有驯蛇师，”玛丽说，“他们能把蛇的脑袋放进嘴巴里。”

“天啊！”护士听了吓得一哆嗦。

他们在迎面吹来的微风中吃完了早餐。科林的早餐非常丰盛，玛丽很认真地看着他。

“你会像我一样开始长胖的，”她说，“以前我在印度时，从来不想吃早餐，但是，现在我愿意吃了。”

“今天早上我也想吃了，”科林说，“可能是新鲜空气的缘故。你觉得迪肯什么时候能到？”

没过一会，迪肯就到了。不到十分钟，玛丽就举起手。

“你听！”她说，“你听见乌鸦的叫声了吗？”

科林侧耳一听，果然听到了。没有什么比在房间里听到乌鸦的“嘎嘎”声更奇怪的了。

“听到了。”他说。

“那是‘煤球’，”玛丽说，“你再听。你听到咩咩声了吗？声音很小。”

“哦！我听到了！”科林喊道，脸都变红了。

“这是那只刚刚出生的小羊羔。”玛丽说，“它也到了。”

迪肯穿了一双又笨又沉的靴子，尽管他已经尽量放轻脚步，但在穿过长长走廊的时候，还是发出了嘎吱嘎吱的声音。他大踏步地走过来，从挂着绣毯的门口进来，站在科林房间走廊的地毯上。

“打搅了，先生，”玛莎打开门，通报道，“迪肯和他的小动物们来了。”

迪肯脸上挂着灿烂的笑容，走了进来，怀里抱着刚出生的小羊羔，旁边跟着红色的小狐狸。“果仁”站在他的左肩，“煤球”站在右肩，“果壳”从上衣口袋里探出小脑袋和小爪子。

科林慢慢地坐起来，好像初次见到玛丽时一样，目不转睛地盯着他们看，眼神充满了好奇和喜悦。事实上，尽管他已经听说过他们，可对于这个男孩究竟是什么样的，他一点头绪也没有。小狐狸、小乌鸦、小松鼠和小羊羔离迪肯那么近，那么亲密，那么友好，好像它们就是迪肯的一部分一样。科林长这么大，还没和其他男孩说过话，如今，他被喜悦和好奇冲昏了头脑，竟然不记得要说话了。

可是，迪肯并没有表现出一点羞答答或者无所适从的样子。他第一次遇到乌鸦时，乌鸦还听不懂他的话，只是干瞪着眼睛不说话，他也没感到尴尬。动物们都这样，它们得跟你熟悉后才会改变。他走到科林的沙发边，把小羊羔轻轻地放在他的膝盖上，这个小动物马上就蹭着科林温暖的天鹅绒睡衣，吸着鼻子往衣服褶皱里钻，卷曲的小羊毛轻轻地蹭着他。当然，任何一个男孩遇到这种情况，都会忍不住说话的。

“它在做什么?”科林喊道，“它想要什么?”

“它想要妈妈，”迪肯说，笑容更加灿烂了，“我把它带来时，它已经有点饿了，我觉得你一定想看看它吃饭的样子。”

他在沙发旁跪下来，从口袋里掏出一个奶瓶。

“过来，小家伙，”他温柔地伸出棕色的小手，转过小羊羔白色的小脑袋，“你要找的就是这个，这可比丝绸天鹅绒的睡衣舒服多了。快来吃吧。”他把瓶子的橡胶盖推开，放进小羊羔的嘴里，它就狼吞虎咽地吃起来。

在那之后发生了什么，大家都猜得到吧!

小羊羔睡着之后，迪肯面对他们有问必答。他告诉他们，他是如何在三天前太阳升起的时候发现小羊羔的。当时，他正站在荒原上，聆听着云雀的歌声，看着它越飞越高，直到它在湛蓝的天空中变成一个小点。

“要不是听见了它的歌声，我几乎就看不见它了。我正在奇怪自己竟然还能听见，毕竟它好像刹那间从世界上消失了一样。就在这时，我听见远处的金雀花树丛里传出声音，是微弱的咩咩声，我听出来这是刚出生的小羊羔饿肚子时发出的叫声，我也知道，要不是和妈妈走失了，它是不会饿肚子的。于是我就过去找，我在金雀花树丛里来回找了好几次，却似乎总是走错路。后来我终于在荒原尽头的一块岩石上发现了一块白色的东西，我爬上去，看到这个小家伙已经被冻得半死了。”他说话的时候，“煤球”从开着的窗户上飞来飞去，好像评论景色似的发出嘎嘎的叫声；“果仁”和“果壳”在外面的树墩上跑来跑去；“船长”则坐在它最喜欢的壁炉地毯上，在迪肯身边蜷成一团。

他们一起看园林书的图片，里面所有的花，迪肯都能说出它们在原产国叫什么名字，还能一个不差地指出哪种花已经在秘密花园里种上了。

“这种花我不知道它们应该怎么叫，”他指着标注着“耧斗菜”的花说道，“但是，我们管它叫耧斗菜，那种叫金鱼草，它们都是树林里野生的，如果栽在花园里，个头会更大一点。花园里就有大号的金鱼草，它们看起来就像是蓝白相间的蝴蝶，正在翩翩起舞的样子。”

“我要去看！”科林喊道，“我要去看！”

“嗯，你得去，”玛丽一本正经地说，“而且你不该浪费时间。”

第二十章

“我要活下去——永远——永远”

但是，他们又等了一个多星期才去花园。刚开始是因为狂风大作，紧接着科林又差点感冒，两件事接踵而至，若不是忙着小心翼翼地策划着神秘计划，科林早就大发脾气了。而且，迪肯差不多每天都来，就算只呆几分钟，也会把荒原上、小路旁、树丛里和小溪边的故事都讲给科林听。光是听一个驯兽师绘声绘色地描述水獭、獾和麝香鼠的家，想到地底下的小动物们紧张快乐地忙碌着，就足以让你兴奋地发抖，更别提鸟窝和老鼠洞的故事了。

“它们和人类一样，”迪肯说，“不同的是，它们每年都得重新盖房子，所以总是手忙脚乱的。”

然而，他们最关心的，还是如何把科林神不知鬼不觉地带到花园里。在灌木丛那里转弯后，他们要走到常春藤围墙外的小路边。一定不能让人看到轮椅，也不能看到迪肯和玛丽。随着时间一天天的过去，科林心里越来越坚定：绝不许任何人破坏秘密花园的神秘感，那可是它最大的魅力。谁也不能知道他们的秘密。必须得让他们觉得，他之所以愿意跟着玛丽和迪肯一起出去，仅仅是因为他喜欢他们，不讨厌他们看自己。关于去花园的路线，他们愉快地讨论了很长时间。他们打算从一条路走到另一条，再穿过另一条，绕着喷泉的花圃，假装是在欣赏园丁长洛奇先生的盆栽植物。整个安排合情合理，不会引起怀疑的。然后，他们就拐进灌木丛边的树林里，从人们的视线中消失，一直来到长长的围墙外头。他们的计划非常缜密，几乎可以和战争时期的将军制定的行军计划相媲美了。

从小病号的房间里不断传出奇怪的新鲜事。消息从大厅传到马厩，最后又传到园丁那里。尽管如此，当园丁长洛奇先生接到命令，让他到小少爷的房间谈话时，他还是吃了一惊。还没有人去过那个小病号的房间呢。

“天啊，天啊，”他一边急匆匆地换掉外套，一边自言自语，“我该怎么办？素未谋面的少爷大人，他居然要见我这个他从没正眼瞧过的人？”

洛奇先生忍不住好奇。他从来没见过科林，倒是听了很多和他有关的添油加醋的故事。比如说那孩子长得不好看啦，行为古怪啦，脾气暴躁啦。他听得最多的，就是那男孩随时会死。有些人甚至都没亲眼见过男孩，就能绘声绘色地编造出他怎么驼背啦，怎么四肢无力啦。

“家里的事情有了变化，洛奇先生。”麦德洛克太太领着他走过楼梯，沿着走廊往前，来到那个传说中的神秘的房间。

“我希望是越变越好，麦德洛克太太。”他说。

“至少没有变坏吧，”她接着说，“最奇怪的是，那些下人突然发现日子轻松多了。洛奇先生，等会你进屋，可能会以为自己进了动物园呢，玛莎的弟弟迪肯带来一些小动物，像在自己家一样随便，可别太吃惊哦。”

玛丽一直暗暗相信，迪肯身上有一种魔力。这不，洛奇先生一听到他的名字，就露出了慈祥的笑容。

“不管是在铂金汉宫，还是在煤矿底下，迪肯都能从容不迫，”他说，“不过，这可不是不懂规矩。他是个好孩子。”

洛奇先生要不是做好了心理准备，一定会大吃一惊。一进门，他就看见一只大乌鸦，大模大样地停在一把椅子的靠背上，正在嘎嘎叫着，好像在欢迎客人似的。尽管麦德洛克太太已经给他提过醒了，他还是有点失态地向后跳了一大步。

小王子没在床上躺着，也没在沙发上坐着。他坐在一把扶手椅上，旁边站着一只小羊羔，正在摇着尾巴吃奶，迪肯正跪在旁边给它喂奶呢。小松鼠趴在迪肯弯曲的背上，正在专心致志地咬着一颗果子。那个印度来的小女孩则坐在巨大的脚凳上看着他们。

“洛奇先生到了，科林少爷。”麦德洛克太太说。

小王子转过头看着他的仆人——至少在园丁长看来是这样的。

“哦，你就是洛奇？”他说，“我让你来，是有一件非常重要的事情要交代。”

“遵命，先生。”洛奇回答说，心里怀疑他是不是要命令自己砍掉花园里所有的橡树，或者把果园变成水景园。

“今天下午，我打算坐轮椅出去，”科林说，“我要呼吸呼吸新鲜空气。如果舒服的话，我可能每天都会出去。在我外出期间，任何园丁都不许出现在花园围墙边的大路上，谁都不行。我会在大约两点钟的时候出去，所有人都要避开，直到我命令他们重新回去工作为止。”

“遵命，先生。”洛奇先生听到不砍橡树了，果园也安全了，这才松了一口气。

“玛丽，”科林又转向她，“在印度，当你说完话了，想让人离开时，你怎么说？”

“你就说，‘退下吧。’”玛丽答道。

小王子挥了挥手。

“退下吧，洛奇。”他说，“你要记住，这件事事关重大。”

“嘎嘎！”乌鸦发出嘶哑的叫声，不过，它还是很懂礼貌的。

“遵命，先生。谢谢，先生。”洛奇答道。于是，麦德洛克太太就带他出去了。

一回到走廊里，这个好脾气的男人就笑了，最后差点笑出声来。

“天啊！”他说，“他还真有点贵族的气派，是不是？就好像皇亲国戚似的，比如亲王或者什么的。”

“哼！”麦德洛克太太反驳说，“以前，他可是一直把我们踩在脚底下，好像我们活该似的。”

“等他长大了，可能就会懂事了。当然，如果他能活着的话。”洛奇先生说道。

“嗯，有一点很肯定，”麦德洛克太太说，“如果他确实能活下去，那个印度小孩也呆在这里的话，我敢说她能让他明白，橙子可不是他一个人的，就如苏珊·索尔比太太所说的那样，他可能就会知道自己的那份有多大。”

而在房间里，科林又靠在了垫子上。

“现在安全了，”他说，“今天下午，我就能看见了；今天下午，我就去花园了！”

迪肯带着他的小动物回花园了，玛丽和科林呆在一起。科林看起来并不疲惫，可是，午饭之前他却非常安静，吃饭时也一声不吭。她想知道他怎么了，就问他：“你眼睛可真大啊！科林，”她说，“当你想事情时，眼睛就大得跟茶碟一样。你在想什么呢？”

“我总是忍不住想象花园的样子。”他说。

“你说秘密花园？”玛丽问。

他们打算从一条路走到另一条，

再穿过另一条，

绕着喷泉的花圃，

假装是在欣赏园丁长洛奇先生的盆栽植物。

“我是说春天，”他说，“我在想，我以前从来没有真正地看过春天的样子。我几乎不出门，就算出去也不注意看。我甚至从没想过，春天究竟是什么样的。”

“我在印度也没见过春天，因为那里没有春天。”玛丽说。

尽管科林一直过着封闭的生活，但他比玛丽更有想象力，至少他读了很多书，看过不少图片。

“那天早晨，你跑进我的房间，跟我说：‘春天来了！春天来了！’，我感觉很奇怪。听起来感觉春天好像是排成长长的队伍，敲锣打鼓地走来了似的。我看过一本书，里面有一张图片和你说的场景很像——一大群人，老老少少，头上戴着花环，手里拿着树枝，欢声笑语，载歌载舞，聚在一起吹着笛子。所以我才说‘也许我们能听见金色的喇叭声’，我还让你把窗户打开。”

“真有趣！”玛丽说，“听上去还真像那么一回事。要是所有的花花草草，小鸟和小动物都一起跳舞，一定非常壮观！我敢说，他们都会跳舞，会唱歌，会吹笛子。那样一来，就成了一场音乐盛宴了。”

他们都笑了，倒不是因为这个想法可笑，而是因为他们都很喜欢这个想法。

过了一会儿，护士来帮科林做准备了。她发现，科林不像以前那样像根木头似的躺着了，而是坐起来，自己也会搭把手，而且一直和玛丽有说有笑的。

“他最近真的很好，先生，”她对克莱文医生说，他是刚刚进来看科林的，“他精神很好，身体也好多了。”

“下午我再来看他，等会他回来的时候，”克莱文医生说，“我必须要确定，他的身体状况是否可以出去，”接着，他又压低了声音说，“他能让你跟着他吗？”

“我可不想赖在这儿不走，我不能听你的。”她突然很坚决地说。

“我也没说不让你走。”医生神经兮兮地说，“我们就把它当做一次试验吧。就是刚出生的婴儿，我也能把他放心地交给迪肯。”

房子里力气最大的男仆把科林抬下了楼，放在外面的轮椅上，迪肯已经在一旁等着了。男仆整理好毯子和靠垫后，小王子朝他和护士挥了挥手。

“退下吧。”他说。他们立刻就消失了，他们巴不得可以心安理得地呆在屋子里，所以正偷着乐呢。

迪肯推着轮椅，非常缓慢，非常稳当。玛丽小姐也走在一旁。科林靠在轮椅上，仰着头看着天空。蓝蓝的天空高高地挂在头顶，上面飘着雪白的云朵，好像鸟儿正在展翅飞翔。荒原上吹过轻柔的微风，味道清新，散发出一种很奇怪的强烈的香味。科林挺着瘦弱的胸脯，用力地大口呼吸。他的大眼睛仿佛不是在看，而是在倾听，倾听着这一切。好像正在倾听的不是他的耳朵，而是眼睛。

"到处都是歌唱声，嗡嗡声，鸣叫声。"他问，"刚才风儿吹来的是什么味道？"

"这是荒原上金雀花的味道。"迪肯说，"啊！蜜蜂今天有的忙了。"

在他们走的路上，一个人影也没有。事实上，所有的园丁和园丁的孩子都被赶走了。但是，迪肯他们还是在林荫道上来来回回走了好几次，又在喷泉那儿绕了好几圈，这可是他们设计好的路线，神神秘秘但充满了乐趣。终于，他们拐到了常春藤围墙外的大路上，离目标越来越近了，那种兴奋感使他们开始不自主地说起悄悄话，虽然他们也不知道为什么。

"就是这儿了，"玛丽喘着粗气说，"就是这个地方。我以前在这儿走来走去，找了很长时间才找到的。"

"就是这儿吗？"科林扫视着那些常春藤，低声说，"但是我什么也没看见啊，这里没有门。"

"我以前也这么觉得。"玛丽说。

然后，他们都沉默了下来，气氛还有些紧张。后来，他们又推着轮椅往前走了。

"这就是本·伍瑟斯塔夫干活的花园。"玛丽说。

"就是这儿吗？"科林说。

又走了一小段，玛丽又小声说道："知更鸟就是从这堵墙上飞过来的。"

"就是这儿吗？"科林大声说，"天啊！我真希望它再飞过来！"

"看那儿！"玛丽指着一大片紫丁香花丛，她显得既开心又有点忧虑，"知更鸟停留在那个小土堆上，带我找到了钥匙。"

科林支起身子坐起来。

"哪里？哪里？是那里吗？"他的眼睛睁得大大的，好像小红帽里的狼外婆。迪肯站着不动，轮椅也停下来了。

“还有这里，”玛丽走到靠近常春藤的花床边，“知更鸟站在墙头上，对着我叽叽喳喳地叫，我就是在这儿跟它说话的。这就是被风吹起来的常春藤。”她用手抓起一把挂在墙上的绿藤。

“哦！就是这！就是这！”科林喘着粗气说。

“这就是门把手，这是门。迪肯，推他进来，快点推他进来！”

迪肯用力地、稳稳地推了一把。

但是，科林还是往后仰了一下，身子靠在了垫子上。尽管他满心喜悦，但在进花园前，他还是一直用手挡着眼睛。好像有人施展魔法似的，轮椅停了下来，门也被关上了。这时，他才把手从眼睛上拿开。他像迪肯和玛丽一样，对着花园看了又看。娇嫩的树叶编织成一片绿色的薄纱，在地上，墙上，树枝上爬了满满一片。树林下的草地上，在凉亭的花盆里，到处都点缀着黄色的、紫色的、白色的花朵。他能听见翅膀扑动的声音，鸟儿轻柔地鸣叫着，他能闻见一阵阵香气扑鼻而来。太阳暖暖地照着，爱怜地抚摸着他的脸。与此同时，迪肯和玛丽都站在那里，好奇地盯着他看。因为他的身上变成了粉红色，原本苍白的脸不见了，脸上、手上、脖子上，全身都是粉红粉红的。

“我会好的！我会好的！”他大声说，“玛丽！迪肯！我会好的！我会一直活着，直到永远！”

第二十一章

本·伍瑟斯塔夫

人生活在这个世界上，最奇怪的事情之一，就是只有在非常偶尔的时候，你才会觉得自己能永远活下去。当你在庄严祥和的黎明醒来，独自站在外面，高高地仰着头，看着灰色的天空一点点染上红色的霞光，上演着未知的神奇变化，直到东方既白，日出时分的永恒和威严使你忍不住欢呼雀跃，心脏好似也停止了跳动。上千年来，每天早晨都在上演这一幕。每当这时，你会产生那种“永远活下去”的想法。又或是有时候，你独自一人，在日落时分站在树林中，金黄色的神秘阳光寂静地斜射进来，树枝下若有若无的声音一遍一遍地缓缓诉说着什么，但却无论如何都听不清；有时，是繁星在黑暗的天空中静静等待的时刻；有时，是远处传来悠悠乐声的时刻；有时，是一个凝望的瞬间；便是在这些时候，你也会产生“永远活下去”的想法。

科林就是这样的。他第一次在围墙高耸的秘密花园里看见了春天，听见了春天，感受到了春天，那时，他产生了“永远活下去”的想法。那天下午，整个世界都变得那么完美，那么耀眼，好像就是为了对这个男孩表示友好的情谊。春天怀着天堂般的善良心愿，翩翩而来，把暖暖的春意带给这里的每一样东西。迪肯不止一次地停下手中的事情，静静地站着，看着科林，眼神越来越好奇。他轻轻地摇了摇头。

“啊！真是太美了！”他说，“我马上就十三岁了。十三年里有多少个下午啊，可是，没有一个下午能像今天这么美丽。”

“是啊，真是一个美好的下午，”玛丽轻轻叹息了一声，声音里充满了喜悦，“我敢说，这是世界上最美丽的下午了。”

“你觉不觉得，”科林小心翼翼地说，好像怕从梦中醒来一样，“这一切，好像都是特意为我准备的？”

“天啊！”玛丽羡慕地大声说，“你的约克话说得真好！绝对是第一流的！”

他们都很开心。李子树盛开着雪白的花朵，蜜蜂嗡嗡地发出悦耳的声音，好似童话里国王的华盖。他们坐在树下的椅子上，心里乐开了花。到处都是正在开花的樱桃树和苹果树，粉色的、白色的花蕾挂满了枝头。在繁花满枝的华盖中，天空露出蓝色的一角，好像好奇的双眼在向下凝望。

玛丽和迪肯在这儿干一会，在那儿干一会，科林则看着他们干活。他们把各种各样的东西都拿给他看：即将绽放的花蕾、紧闭的花蕾、树叶正在变绿的树枝、掉在草地上的啄木鸟的羽毛，还有在这里栖息过的小鸟的空蛋壳。迪肯推着轮椅，绕着花园慢慢地走，时不时地停下来，好让科林慢慢欣赏，春天是如何从土地里、树林间绽放了奇迹。他们好像进入了魔法世界，正在国王和王后的领地里巡游，参观数不清的神秘财富一样。

“我们能看见知更鸟吗？”科林问。

“以后你会经常见到它的，”迪肯说，“等到小鸟从蛋壳里孵出来，它就会忙得焦头烂额，整天飞来飞去，叼着和它自己一般大的虫子。鸟巢里叽叽喳喳乱作一团，等它急急忙忙地飞回去，也不知道先喂谁好了。没吃到的还会不高兴地嚷嚷。我妈妈说，每次她看到知更鸟为了填饱小鸟的肚子忙作一团，她就觉得自己简直就是个无所事事的大闲人。她说，那些小家伙好像汗流浃背似的，虽然别人看不到。”

他们高兴地咯咯直笑，因为怕人听见，所以不得不捂上嘴巴。几天前，他们就训练科林如何压低声音说悄悄话。他喜欢这样神秘兮兮的样子，所以总是尽力做好。可是一高兴，总是忍不住笑得很大声。

那天下午，每个时刻都充满了惊喜，而每过一个钟头，太阳就变得更加黄澄澄的。他们把科林的轮椅推到大树下，迪肯就坐在草地上，拿出笛子。这时科林看见了什么东西，他以前没注意到的东西。

“那里有一棵很老的树，对不对？”他说。迪肯望向草地另一边的大树，玛丽也看了看。他们突然都沉默了下来。

“是的。”迪肯说，声音很低，很温柔。

玛丽望着大树想着什么。

“这棵树树枝灰突突的，树叶都落了，”科林接着说，“这棵树已经死了，是不是？”

“是的，”迪肯说，“但是这棵树上爬满了玫瑰花，等玫瑰长满了叶子，开满了花，就能盖住这棵树死掉的部分，就看不出来这是棵死树了。它就会变得很漂亮的。”

玛丽还是望着大树，想着什么。

“好像有一个大树枝断掉了，”科林说，“怎么回事？”

“这是很多年前的事了，”迪肯说，“你看！”迪肯突然把手放在科林身上，“快看那只知更鸟！它在那儿呢！它正在给它的伴侣找吃的呢。”

科林反应得慢了点，只瞥到一眼。红胸知更鸟的嘴里叼着什么东西，倏地一下就飞走了。它从草地上一直飞到附近的拐角，然后就消失不见了。科林躺在靠垫上，露出了一丝笑容。“它为爱妻准备下午茶呢。也许已经五点了，我也想喝点茶了。”

玛丽和迪肯心里终于踏实了。

“是魔法师派来了知更鸟，”后来，玛丽悄悄地对迪肯说，“我知道，一定是魔法的力量。”在这之前，她和迪肯一直担心，害怕科林会问起那根折断的树枝的来历。他们商量着怎么糊弄过去，迪肯愁得直拍脑袋。

“咱俩得装成这棵树和其他树没有区别，”他说，“不能让他知道这棵树是怎么折断的，他太可怜了。万一他问起来，咱俩就装得无所谓的样子，尽量高高兴兴的。”

“嗯，咱俩得。”玛丽说。

可是，玛丽看着那棵树，却怎么也高兴不起来。在那短短的一瞬间里，她一直在想的都是迪肯说的另外一件事，她不知道是不是真的。迪肯还在茫然地揉着自己的一头红发，但是蓝色的眼睛里已经露出轻松的神情。

“克莱文夫人是一位年轻貌美的女士，”他犹犹豫豫地说，“我妈妈觉得，也许科林的妈妈一直都在米瑟韦斯特庄园，照顾着小科林，就像很多死去的妈妈一样。她们一定会回来看自己的孩子的。她可能还来过花园，而且，冥冥之中，就是她把我们带到秘密花园，让我们在这儿干活，还让我们把科林带到这儿来的。”

在玛丽看来，迪肯说的这些就是魔法。她可是魔法的忠实信徒。私底下，她觉得迪肯就是一个魔法师，而且是善良的魔法师。他能对身边的一切施魔法，所以人们才那么喜欢他，小动物也都愿意跟他做朋友。事实上，她觉得就是因为迪肯的这种天赋，所以知更鸟才会及时出现，在科林提出那个危险的问题时化解了危机。整个下午，科林都像变了个人似的，一点也看不出他是那种会尖叫、打人、咬枕头的疯子，甚至连象牙般灰白的肤色都不见了。他刚进花园时，脸蛋上、脖子上、手上隐约可见的神采一直都在。现在的他，才是个血肉之躯，以前看起来好像是象牙或者蜡烛做的。

知更鸟来回飞了两三次，一直在为自己的伴侣寻找食物，不禁让他们也想喝点下午茶了。

“玛丽，你去找个男仆，让他把下午茶装进篮子里，带到开满杜鹃花的那条路上，”他说，“然后你和迪肯去把篮子拿过来。”

这主意不错，操作起来也简单。他们在草地上铺上一块白布，把热茶、奶油土司和煎饼摆在上面，就高兴地吃起来了。那些出来觅食的小鸟，也停下来一探究竟，对着面包渣研究个不停。“果仁”和“果壳”突然叼起一块蛋糕飞上树梢，“煤球”把半个煎饼叼到角落里，又啄又翻，嘎嘎叫着，好像在发表评论似的，然后就一口吞掉了。

一个愉快的下午很快就要过去了。夕阳的余晖越发的金黄，蜜蜂都回家了，小鸟也越来越少。迪肯和玛丽坐在草地上，那个篮子已经收拾好了。科林躺在靠垫上，原本紧贴在额头上的头发都滑向了脑后，他的脸色看起来十分自然。

“我真舍不得一个下午就这样过去了，”他说，“但是，明天我还会来的，后天，大后天，大大后天，我都要来。”

“你会呼吸很多新鲜空气的，对不对?”玛丽问，

“那是当然，”他说，“我已经见过春天了，以后，我还要看夏天，看这里的万物生长，我自己也就会长大成人的。”

“你一定会的，”迪肯说，“我们还会让你学会走路，和其他人一样在这里挖土。”

科林的脸涨得通红。

“走路!”他说，“挖土！我能吗?”

迪肯小心翼翼地看了他一眼，他和玛丽谁也没问过，他的腿是不是有毛病。

“你当然可以啦!”他还是肯定地说，“你也有两条腿，当然能走路!”

听到科林的回答，玛丽才没那么害怕了。

“实际上，我的腿没什么毛病，”他说，“它们只是太瘦了，一点劲

也没有。它们总是颤抖，所以我才不敢站起来。”

玛丽和迪肯这才松了一口气。

“如果你不再害怕，你就能站着了，”迪肯又高兴起来，“你别再害怕了。”

“我能站起来？”科林静静地躺着，好像在思索什么事情。

他们安静了一会。太阳越沉越低，一切都静悄悄的。他们度过了一个忙碌而兴奋的下午，科林好像在享受难得的休息，小动物不再四处乱跑，也围在他们身边休息了。“煤球”停在一棵低矮的树枝上，抬起一条腿，慵懒地遮住眼睛。玛丽觉得，“煤球”好像马上就要打鼾了。

就在这时，科林抬起头，惊恐地大喊了一声，打破了这份宁静。

“那个人是谁？”

迪肯和玛丽立刻站了起来。

“天啊！”他们低声惊叹道。

科林指了指高高的围墙。“快看！”他兴奋地小声说，“快看！”

玛丽和迪肯走过去看了看。原来是本·伍瑟斯塔夫。他踩着梯子，从墙头上愤怒地看着他们。他甚至朝玛丽挥了挥拳头。

“可惜我是个单身汉，要是你是我家的孩子，”他喊道，“我非得揍你一顿。”

他又爬了一格梯子，一副气势汹汹的样子，好像就要跳过来收拾她似的。不过，等玛丽走到跟前，他好像又改变了主意，站在梯子上，朝她挥着拳头。

“我真是小看你了！”他喋喋不休地说，“头一次见到你，我就看不上你。看你瘦得跟个竹竿似的，脸色蜡黄蜡黄的，还总是问东问西，多管闲事。我都不知道你怎么骗过了我。要不是知更鸟，该死的！”

“本·伍瑟斯塔夫，”玛丽缓过气来，喊着他的名字。她站在下面，喘着粗气跟他说，“本·伍瑟斯塔夫，是知更鸟带我到这儿来的。”

这时，本好像真的要翻墙过来似的。他气坏了。

“你这个小坏蛋！”他朝她喊道，“你把事情都赖在知更鸟身上。它给你们带路！它！”玛丽知道他的下一句话是什么，因为他显得十分好奇，“话说回来，你们到底是怎么进来的？”

“真的是知更鸟带我来的，”她固执地辩解道，“它不知道这就是秘密花园，但的确是它把我带来的。不过，要是你再冲我挥拳头的话，我就不跟你说话了。”

“我妈妈觉得，

也许科林的妈妈一直都在米瑟韦斯特庄园，

照顾着小科林，

就像很多死去的妈妈一样。”

他马上就把拳头收了起来。这时，他看到有什么东西从草地那边飞过来，看得下巴都要掉下来了。

科林刚听到本说话时，好像中了魔似的，惊讶得坐直身子一直听着，不过，听了一会，他就回过神来了，用命令的口气把迪肯叫到身边。

“把我推过去！”他命令道，“把我推过去，就停在他跟前！”

你瞧，本·伍瑟斯塔夫就是看到这一幕才差点把下巴吓掉的。正在朝他逼近的轮椅，装饰着富丽堂皇的靠垫和盖毯，一点一点地朝他走来，这俨然就是皇家的御用马车。小王子躺在轮椅里，一双轮廓分明的大眼睛流露出威严的气魄，用瘦弱的小手傲慢地指着他。难怪他的嘴巴半天都合不拢了。

“你知道我是谁吗？”小王子质问他。

本·伍瑟斯塔夫眼睁睁地看着他，那双苍老的、泛着红血丝的眼睛好像见了鬼似的，一动不动地盯着看，喉咙大口大口地咽着唾沫，一句话也说不出来。“你知道我是谁吗？”科林更加专横地质问道，“回答我！”

本·伍瑟斯塔夫举起他那只粗糙的手，越过眼睛，越过额头，然后声音颤抖地说：“你是谁？”他说，“哦，我知道你是谁。你长了一双和你妈妈一样的眼睛。天啊，你怎么到这儿来了？我知道，你就是那个可怜的驼子。”

科林仿佛忘记了自己的后背是有毛病的。此刻，他的脸刷地一下变红了，直挺挺地坐起来。

“我不是驼子！”他生气地大喊大叫，“我不是驼子！”

“他不是驼子！”玛丽也气得冲着本大喊，“他身上连个针眼大的包也没有！我都看过了，什么都没有！”

本·伍瑟斯塔夫又把手举到额头上，好像还没看够似的继续盯着看。他的双手、嘴巴、声音都在颤抖。他是个无知的上了年纪的人，只会人云亦云。

“你……你没有驼背？”他用嘶哑的声音问。

“我没有驼背！”科林喊道。

“你不瘸？”本的声音更加嘶哑了。

这显然太过分了！科林又像以前一样，鼓着劲要大发雷霆了。还没人敢说他是个瘸子，就是窃窃私语也不敢。可是，本·伍瑟斯塔夫居然这么斩钉截铁地说他是个瘸子，这让我们这位血气方刚的小王子忍无可忍。他觉得自己的尊严被侮辱了，气得把一切都抛在了脑后，身体充满了力量，一种几乎超自然的力量。

“过来！”他冲迪肯喊道，而他自己开始把膝盖上的毯子往下拽。“过来！过来！过来！”

迪肯马上跑过去。玛丽屏住呼吸，脸色变得惨白。

“他能做到！他能做到！他能行！”玛丽急促地说道。

场面出现短暂的混乱。科林把毯子扔到地上，迪肯扶着科林的手臂。他露出瘦弱的双腿，一双瘦弱的脚踩在草地上。科林笔直地站在那里，笔直笔直的，像一支箭那么直，而且看起来出奇地高大。他向后仰着头，眼睛里发出奇异的光芒。“看着我！”他朝本·伍瑟斯塔夫大声说，“看着我！你看着我！”

“他和我站得一样笔直！”迪肯喊道，“他能和约克郡的任何男孩一样，站得笔直！”

本·伍瑟斯塔夫的所作所为，着实让玛丽摸不着头脑。他一下子哽咽了，说不出话来，喘着粗气。突然间，他老泪纵横，紧紧攥着双手。

“天啊！”他突然爆发了，“他们说谎！你根本不是个驼子。虽然你骨瘦如柴，脸色惨白得像个鬼魂，但你一点也不驼。你会长成一个大小伙子的。老天保佑！”

迪肯紧紧地攥着科林的胳膊，其实，科林站得很稳，一点也不摇晃。他站得越来越直、越来越直，眼睛紧紧地盯着本·伍瑟斯塔夫。

“我爸爸不在家，”他说，“我就是这里的主人，你必须服从我。这是我的花园，你一个字也不许说出去。现在，你爬着梯子下去，走到大路上，玛丽小姐会接你过来。我要和你谈谈。我们本来不需要你，但是现在，你必须和我们一起保守秘密。快点吧。”

本·伍瑟斯塔夫苍老暴躁的脸上仍然挂着激动的泪水，根本没法把目光从科林身上移开，那个瘦骨嶙峋却高昂着头、直挺挺地站着的小王子。

“哦，孩子，”他几乎是在自言自语，“哦，我的孩子！”然后他回过神来，抓起草地上的帽子，说道，“是的，少爷！”就顺从地从梯子上下去了。

第二十二章

太阳落山了

一直到看不见本了，科林才转过身。他对玛丽说："你去把他带来吧。"于是，玛丽就飞快地跨过草地，跑到常春藤下的花园门口。

迪肯仔细地观察着科林。他的双颊上泛起了红晕，看起来气色很好。而且，他一点也没有要摔倒的样子。

"我能自己站着。"他仰着头，语气相当豪迈。

"我跟你说过，只要你不害怕，就能自己站着。"迪肯说，"现在，你已经不再害怕了。"

"是的，我不害怕了。"科林说。

突然，他想起了玛丽刚才说的话。

"你是不是施了魔法？"他一脸严肃地问。

迪肯咧开嘴巴，露出了笑容。

"是你自己在施魔法，"他说，"让这些花花草草从土地里长出来的，也是一样的魔法。"他用笨重的靴子碰了碰草地里的番红花，对科林说道。科林低头看着这些花。

"是啊，"他慢慢地说，"这就是最厉害的魔法了，不会有比这个还厉害的了。"

他又挺直了身体。

"我要走到那棵树那儿，"他指着几英尺开外的地方说，"本·伍瑟斯塔夫来的时候，我要站着。如果累了，我就靠着树歇一会，想坐下我就坐下。但必须得是见过本以后。把轮椅那儿的毯子给我拿来。"

尽管还要由迪肯扶着胳膊，但是，他走得真是稳极了。他背靠着那棵树，完全凭借自己的力气，还是那么直挺挺地站着，看上去很高很高。

本·伍瑟斯塔夫从门口走进来，一眼就看见科林居然自己站着。玛丽在旁边低声咕哝着什么。

“你在嘀咕什么?”他不耐烦地问。他正全神贯注地看着这个瘦瘦高高、站得笔直的男孩,一点也不想分神。

她没告诉本。其实,她是在说:“你能做到!你可以!我说过你可以的!你能做到!你能行!”她这么说,因为她想让奇迹发生。她希望科林能自己站起来,别在本·伍瑟斯塔夫面前败下阵来。他果然做到了!他那瘦弱的身躯,此时在玛丽眼里变得异常美丽。他紧紧盯着本·伍瑟斯塔夫,那副高高在上的样子非常好玩儿。

“看着我!”他命令道,“好好看看!我是驼背吗?我是瘸子吗?”

本·伍瑟斯塔夫还没缓过神来,不过已经好多了,说话的样子基本上和以前一样了。

“你不是,”他说,“你不像人们说的那样。可是,你为什么一直躲着不见人?让别人以为你是个瘸子,是个傻子?”

“傻子!”科林愤怒极了,“谁说我是个傻子?”

“很多蠢货,”本说道,“世上可不缺蠢货,他们只会散布谣言。但是,你为什么要躲着不见人呢?”

“人们都以为我要死了,”科林烦躁地说,“但是我不会死的!”

他口气如此坚决,本·伍瑟斯塔夫忍不住对他从头到脚打量了一番。

“竟然说你要死了!”他欣喜地说,“你才不会死!你非常勇敢。我一看到你自己站着,就知道你没事。少爷,您坐在毯子上歇会吧,我在这听您的吩咐。”

他的态度很复杂,既有些狂躁不安又带着似水柔情,既显得十分精明又流露出善解人意。玛丽在路上一直喋喋不休,叮嘱他一定要记得,科林的身体已经越来越好了,而这都是花园的功劳。一定不能在他面前提起驼背和要死的事儿。

小王子暂时只好委屈自己,坐在树下的毯子上。

“你在花园里做什么工作?”他询问道。

“吩咐我做什么,我就做什么。”本说,“因为夫人喜欢我,所以我一直在这儿干活。”

“夫人?”科林问。

“就是您的妈妈。”本·伍瑟斯塔夫答道。

“我妈妈?”科林安静地看着他,“这是她的花园,是不是?”

“嗯,是的!”本也看着他,“她非常喜欢这儿。”

“现在是我的花园了。我也喜欢这儿，以后每天都来。”科林宣布了自己的决定。“但是，这件事必须保密。我命令你，不许告诉任何人我们在这儿。多亏了迪肯和我的表妹在这里干活，花园才能重现生机。以后我也会派你过来，但是你来的时候，不许让别人看见。”

本·伍瑟斯塔夫苍老的脸上挤出生硬的笑容。

“我以前就来过这儿，从没被人发现过。”他说。

“什么！”科林惊讶地说。

“什么时候？”

“我最后一次来这儿，”他揉着自己的下巴，看了看四周，说道，“大约是两年前了。”

“但是，这里已经十年没人来过了！”科林喊道。

“这里没有门！”

“我可不是什么别人，”本干巴巴地说，“再说，我也不是从门进来的。我是翻墙过来的。不过这两年，风湿病害得我来不了了。”

“是你进来翻土的？”迪肯大声说，“我以前一直想不通是谁翻土的。”

“她是多么喜欢这儿啊！”本慢慢地说，“她那么美丽，那么年轻。有一次，她笑着跟我说：‘本，要是哪天我生病了，或者出门了，你一定要帮我照顾这些玫瑰花。’后来，她去世了，这里却被下令关了起来。但我还是想办法进来了，”他带着一股子犟劲说道，“每年，我都从墙上翻过来，把花园打理一番，直到后来，我得了风湿，翻不动墙了。是她先下的命令。”

“多亏了你，花园才这么井井有条。”迪肯说，“我一直都想不通。”

“我很高兴你干了这么多活，伍瑟斯塔夫，”科林说，“你的保密工作做得不错。”

“嗯，我知道，先生，”本答道，“而且，我现在有风湿病，要是能从大门进来，那再好不过了。”

玛丽把泥铲丢在大树旁边的草地上，科林伸手捡了起来，他表情古怪地开始挖地。他的双手其实一点力气也没有，可大家都在看着他呢，玛丽甚至大气都不出一口地瞧着，于是他使劲把泥铲插进土里，翻了一点土。

“你能行！你能行！”玛丽自言自语，“我告诉过你，你能行！”

迪肯圆圆的眼睛充满了好奇，不过，他一句话也没说。本·伍瑟斯塔夫兴致勃勃地盯着科林。

科林继续挖着。翻了几锹土后，他欣喜若狂地用地道的约克话对迪肯说："你说过，等我到了花园，你会教我走路，还会教我挖土。我原来还觉得，你是为了让我高兴才那么说的。可是，我才来花园一天，就已经能走路了。看看我，我还能挖土呢。"

本·伍瑟斯塔夫听到他说约克话，张大了嘴巴，咯咯直笑。

"哦！"他说，"看来你是个聪明的孩子，而且还是个不折不扣的约克小孩。你还会挖土。你想不想种点什么？我可以给你一盆玫瑰花。"

"现在就去拿！"科林兴奋地挖着地，"快去！快去！"

说去就去。本·伍瑟斯塔夫把风湿的毛病忘在了脑后，迪肯捡起铁锹，跟科林这个双手白皙的新手比起来，迪肯的坑挖得更深更宽。玛丽溜出去，带回来一个水罐。迪肯把坑挖得越来越深，而科林就一遍遍地翻铲柔软的泥土。他抬头看着天空，脸上因为忙碌而面色发红，神采奕奕。

"太阳落山前，我要一直干活。"他说。

玛丽觉得，太阳好像故意磨蹭了几分钟才下山。本·伍瑟斯塔夫从花房里拿了一盆玫瑰过来，趔趄着在草地上飞跑着，他也开始兴奋了。他在小坑旁蹲了下来，敲了敲花盆，把玫瑰取了出来。

"在这呢，孩子，"他把玫瑰递给科林，"现在就把它种在地里吧，就像国王第一次访问一个地方那么做。"

科林那双苍白的小手在微微颤抖，脸上更是一片通红。他把玫瑰插在土堆里，本把土压实，填满，玫瑰花被稳稳地种好了。玛丽跪着趴在地上，"煤球"飞下来，想看看发生了什么事，"果仁"和"果壳"在樱桃树上叽叽喳喳地议论着。

"种好了！"科林最后说，"太阳开始滑下山坡了。迪肯，把我扶起来。我要站着看太阳落山。这也是魔法的一部分。"

迪肯扶着他站起来，魔法——谁知道到底是什么呢——给予他无比的力量。当太阳在地平线上滑落，同时也宣告了这个奇妙的下午时光结束的时候，科林果真靠自己的双脚站立着，脸上还挂着微笑。

第二十三章

魔　　法

他们回到房子里的时候，克莱文医生已经等候多时了。事实上，他甚至开始考虑，是不是应该派人到花园的路上找找。等科林回到房间时，这个可怜的家伙开始上下打量着他。

“你不该在外面呆这么久，”他说，“你不能累着自己。”

“我一点也不累，”科林说，“我感觉很好。明天，我不仅下午要去，上午也要去。”

“我不知道该不该让你去，”克莱文医生说，“你这么做，恐怕并不明智。”

“要是你不让我去，那才是真的不明智。”科林一本正经地说，“我要出去。”

玛丽发现，科林身上最奇怪的一点，就是他丝毫没有意识到，自己发号施令的样子非常粗鲁无礼。他就像孤岛上的国王一样我行我素。玛丽从前也和他一样，可是，自从来到米瑟维斯特庄园，她渐渐发现自己的行为方式和这里格格不入。想到这儿，她觉得要是能和科林谈谈，一定很有趣。于是在克莱文医生离开后，她就饶有兴致地盯着科林看了好几分钟，她想让科林自己问她为什么盯着他看，果然，科林确实问了。

“你为什么老是盯着我看？”他问。

“我觉得克莱文医生真可怜。”

“我也是，”科林平静地说，还有点幸灾乐祸，“我不会死了，所以他无法得到米瑟韦斯特庄园了。”

“关于这点，我也替他难过，”玛丽说，“但是，我刚才想的是，要十年如一日地对一个如此粗鲁的男孩彬彬有礼，真是太可怕了。换做我的话，我可做不到。”

“我粗鲁吗？”科林平静地问道。

“如果你是他的孩子，而他又是个爽快人的话，”玛丽说，“他一定会给你一巴掌的。”

“他不敢。”科林说。

“是啊，他不敢，”玛丽深思熟虑后公平地说，“你不喜欢的事，没人敢做，因为你快死了，就是这么回事。你真是个可怜虫。”

“但是，”科林固执地说，“我不想当个可怜虫，我不会让别人觉得我是个可怜虫。今天下午，我自己站起来了。”

“你之所以这么古怪，就是因为你总是我行我素。”玛丽继续大声说出自己的想法。

科林皱着眉头转过来。

“我很古怪吗？”他质问道。

“是的，”玛丽说，“非常古怪，但是你没必要生气，”她又客观地说道，“因为我也很怪，本·伍瑟斯塔夫也很怪。但是当我开始喜欢别人，而且发现了花园以后，我就不像以前那么古怪了。”

“我不想自己古怪，”科林说，“我不想那样。”他皱着眉头，语气坚决地说道。

他是个非常骄傲的男孩。他躺着思考了一会，玛丽看见他开始微笑起来，整个脸都渐渐变得不一样了。

“要是我每天都去花园，”他说，“我就不会那么古怪了。那里有魔法，好的魔法。我敢说那里一定有。”

“我也相信。”玛丽说道。

“即使不是真的魔法，”科林说，“但是，我们可以假装是真的。反正就是有点什么东西！”

“是魔法，”玛丽说，“但不是邪恶的魔法，是纯洁的魔法，像雪花一样纯洁的魔法。”

他们总是管这个叫“魔法”，事实上，这几个月来接连发生的一切，确实如魔法一般。在这奇妙、耀眼而神奇的几个月里，花园里发生了极大的变化！如果你不曾拥有过一个花园，你可能无法理解，但是，如果你自己有一个花园，你就知道，花园里的千变万化就算是写一本书也写不完。刚开始，花花草草从泥土里、草地里、甚至是墙缝里长出来，一刻也不歇着；然后，绿色的植物开始冒出花蕾，花蕾又绽放出五颜六色的花朵，深浅不同，有蓝色，紫色，还有红色。花儿爬满每个角落。本·伍瑟斯塔夫亲眼看着孩子们忙乎着。他从砖缝里抠出水泥，做出很多好玩的东西。鸢尾花和白色的百合从青草地里长出来，飞燕草、耧斗菜和风铃草也绽放出白色和蓝色的花朵。

“她最喜欢这些花了，”本·伍瑟斯塔夫说，“她过去总说，这些花总是朝着蓝色的天空生长，而不是像她一样总是低头。她说，蓝天总是让人高兴的，所以她喜欢。”

迪肯和玛丽种下的种子已经长出来了，那样子好像被仙女呵护过了似的。绸缎般的罂粟花迎风起舞，与花园中生长了数年的花朵争奇斗艳。还有玫瑰花，正从草地里长出来，爬满了树干，从树枝上垂落下来，一天比一天生机勃勃。新鲜的树叶，花蕾，最初小小的，现在都在慢慢长大，一个个呼之欲出，弥漫在整个花园里。

这些点点滴滴的变化，科林都看在眼里。每天早上，只要不下雨，他都会出去，跑到花园里呆着，就算天气灰蒙蒙的，他也很高兴。用他的话说，他可以躺在草地上“看草长莺飞”。他还说，如果你肯耐心观察，就能看到花蕾在绽放。还有很多奇怪的小昆虫，忙碌地跑来跑去，虽然不知道是在忙什么，可显然是有重要的任务在身。有时候，它们抬着小片的稻草、羽毛或者食物；有时候，它们爬到小草上，就好像人爬到树梢上展望整个乡村一般。有一只鼹鼠用小爪子从窝里往外刨出一堆土，终于从窝里钻出来了。蚂蚁、甲壳虫、蜜蜂、青蛙、小鸟、所有的花花草草，这一切，都向科林敞开了一个新的世界，等着他去探索。而迪肯向他展示了狐狸、水獭、雪貂、松鼠、鲑鱼、麝香鼠、獾的世界。于是，他们讨论起来就没完没了，思索起来也没有边界。

魔法的威力还不止于此。科林曾经自己站起来，这令他想了很多，当玛丽说起自己念了咒语的时候，他变得更加激动，更加相信魔法了。此后，他就不停地说起魔法的事儿。

“世界上一定存在很多魔法，”有一天，科林像个智者一样说道，“但是人们既不了解魔法，也不知道如何使用魔法。也许，魔法要从说好话开始，直到好事成真。现在，我就要开始做实验了。”

第二天一早，他们一到秘密花园，科林就派人叫本·伍瑟斯塔夫过来。本一过来，就看见小王子威风凛凛地站在树下，脸上绽放着灿烂的笑容。

“早上好，本·伍瑟斯塔夫，”他说，“我想让你、迪肯和玛丽站成一排，我要宣布一件非常重要的事情。”

“哦，好的，先生！”本·伍瑟斯塔夫用手触了下前额（本·伍瑟斯塔夫年少时曾经出海航行，所以他能像个水手一样答礼。这是他的神秘魅力之一)。

“我要进行一项科学实验，”小王子解释道，“长大后，我要进行伟大的科学探索，我必须从现在做起，这个实验是第一步。”

“哦，好的，先生!”本·伍瑟斯塔夫马上说，尽管这是他第一次听到伟大的科学探索这种说法。

玛丽也是第一次听到这种说法，尽管如此，她还是意识到，科林虽然性格古怪，但确实读过很多与众不同的东西，说起话来很令人信服。当他抬起头，用奇怪的双眼盯着你看时，你总是忍不住相信他，尽管他还不到十一岁。此时，他显得格外自信，让人不信都不行，因为他突然喜欢上了这种像大人那样演说的感觉。

“我要进行的伟大科学探索，”他接着说道，“是关于魔法的。魔法是一个伟大的事物，但是除了古老书籍里为数不多的几个人知道外，世人对其知之甚少。玛丽知道一些，因为她的出生地印度有苦行僧。我相信迪肯也知道一些魔法，虽然他自己可能没有意识到。他能让动物和人类着迷。如果不是这样，我不会让他来见我的。他也能迷倒男孩，因为男孩也是动物。我相信任何事物都存在魔法，只是我们的能力不足以掌握魔法罢了。总有一天，我们可以使用魔法，就像我们使用电力、马车和蒸汽一样。”

他说得有理有据，本·伍瑟斯塔夫听后非常兴奋：“哦，好的，先生。”他开始停止了动作。

“玛丽最初发现这个花园时，这里死气沉沉，”小演说家继续道，“然而，某种未知的力量将土地里的万物生发出来，从无到有，前一天还没有的东西，第二天就出现了。我以前没有观察过这些，这让我很好奇。科学家都保持着好奇的天性，所以我也要成为科学家。我一直对自己说：‘这是什么？那是什么？’这一定是某种东西，不可能凭空产生的。我不知道具体的名字，所以我管它叫魔法。我以前从未见过日出，但是玛丽和迪肯见过，照他们的说法，日出也是魔法。一定有什么东西在推着太阳，把它拽上来。有时候，当我在花园里，抬头从树枝缝隙中望向天空，我感到有一种奇怪的幸福感从胸中喷薄而出，使我呼吸急促。魔法总是推波助澜。一切事物都出于魔法，叶子、大树、鲜花、小鸟、獾、狐狸、松鼠和人类，魔法无处不在，它在这个花园，在所有的地方。这个花园的魔法使我站了起来，使我能活着成长为一个大人。我将要进行这项科学实验，我要努力掌握一些魔法，用魔法来激发我身体里的力量，使自己变得更加强壮。我不知道如何做到，但是我想，如果我们一直想着魔法，说不定就能掌握魔法，可能这是最初级的办法。我第一次试图自己站起来时，玛丽就不停地自言自语：‘你能行！你能做到！’然后我果然站了起来。当然，我自己也努力了，但是玛丽功不可没，迪肯也一样。每天，无论清晨还是夜晚，我无时无刻不在说：‘赐予我魔法吧！魔法让我康复吧！我要像迪肯一样强壮，像迪肯一样强壮！’你们也必须这么做。这就是我的实验。你们会帮我吗？本·伍瑟斯塔夫？”

“哦，是的，先生！”本·伍瑟斯塔夫说道，“会的，会的。”

“如果你们能像士兵操练一样，坚持每天这么做，我们就拭目以待，看看实验能否成功。我们学习的时候，就是要反复背诵、反复思考，直到它们好像印在我们脑子里一样。我认为这对魔法同样适用。如果你一直呼唤魔法，魔法就会成为你的一部分，你就能拥有魔法，拥有使用魔法的能力。”

“我以前在印度时，有一个官兵告诉我妈妈，有一些僧侣会成千上万遍地念诵咒语。”玛丽说。

“我听过吉姆的老婆一遍遍地念叨，说吉姆是个醉鬼，”本·伍瑟斯塔夫干巴巴地说，“吉姆就揍了他老婆一顿，然后跑到蓝狮酒吧，像个老爷似的又喝得酩酊大醉。”

科林眉头拧在一起，他想了几分钟，然后就高兴起来。

“好吧，”他说，“你看，念咒语确实有效果。不过她用了错误的魔咒，所以才导致自己挨揍。如果她念正确的魔咒，说点好听的话，可能他就不会喝得烂醉如泥了，可能……可能他还会给她买一顶新帽子。”

本·伍瑟斯塔夫偷偷笑着，苍老的小眼睛里闪烁着谨慎的羡慕的光芒。

“你真是个聪明的孩子，科林少爷，”他说，“下次我见到贝丝，一定给她出主意，让她使用正确的魔法。如果好用的话，她一定会很高兴，吉姆也会高兴的。”

迪肯一直站在那里听科林发表演说，圆圆的眼睛充满了好奇。他抱着一只长耳朵的大白兔，轻轻抚摸着它，大白兔耳朵贴着后背，很享受的样子，“果仁”和“果壳”则站在他的肩膀上。

“你认为试验会成功吗?”科林问他,很好奇他会怎么想。迪肯看着他或者小动物时,他就已经很好奇迪肯的想法了。

迪肯微笑着,笑容比以往更灿烂。

“嗯,”他说,“会的。就像阳光的照耀使种子发芽一样,我相信试验一定会成功的。我们现在就开始吧。”

科林非常高兴,玛丽也一样。科林想起图画书里的苦行僧和信徒,于是建议他们应该盘着腿坐在好像华盖一样的树荫下。

“我们好像坐在寺庙里,”科林说,“我很累,想坐下了。”

“哦!”迪肯说,“你不能一开始就说自己累了,你这样会毁了魔法的。”

科林转头看着他,直视着他天真的双眼。

“你说得对,”他慢慢地说,“我必须只想着魔法。”他们围着一圈坐的样子充满了神秘和庄严的气息。本·伍瑟斯塔夫感觉自己好像在参加祈祷会。本在参加祈祷会的问题上非常固执,然而这次是王侯,所以他并不排斥。玛丽小姐简直神魂颠倒了。迪肯抱着小兔子,可能说了些谁也听不见的咒语吧,所以当他像其他人一样盘腿坐下时,乌鸦、狐狸、松鼠和小羊羔都慢慢地靠近,也坐成一圈,好像自愿和他们一样似的。

“小动物也来了,”科林严肃地说,“它们也想帮忙。”

此刻的科林在玛丽眼里异常美丽。他像个牧师般高昂着头,眼神流露出奇怪的光芒,阳光透过树冠照耀在他的身上。

“现在我们开始吧,”他说,“我们要不要像个僧人似的前后摇晃呢?”

“我不能前后摇晃,”本说,“我有风湿病。”

“魔法会带走你的风湿病,”科林像个大祭司似的说道,“但是在风湿病消失之前我们不前后摇晃。现在我们只唱诵。”

“我不能唱,”本有点烦躁,“我唯一一次唱诵之后,他们就把我赶出唱诵班了。”

没有人笑,他们非常真诚,科林甚至没有一点恼火。他唯一想的就是魔法。

“那就由我来唱诵吧。”他说。然后就像个男孩精灵一样开始唱起来,“太阳天空照,太阳天空照,这就是魔力,这就是魔力;花儿在盛开,根儿在激动,这就是魔法;活着就是魔法,强壮就是魔法;魔法在我身，魔法在我心，魔法在我身，魔法在我心，人人有魔法，魔法在本身后，魔法！魔法！快显威力！”

他唱了很多遍，虽然没有一千遍那么多，但数字也相当可观。玛丽听得如痴如醉。这一切都古怪而又美丽，她想让科林继续唱下去。本开始感到舒缓，好像进入舒适的梦乡。蜜蜂嗡嗡地飞在花丛中，唱得人昏昏欲睡。迪肯盘着腿坐着，小兔子睡在他的胳膊上，他的手放在小羊羔的后背上。“煤球”推走了松鼠，紧紧地靠着他的肩膀，灰色的影子笼罩着他的眼睛。最后科林唱完了。

“现在我要绕着花园走了。”他宣布道。

本·伍瑟斯塔夫冷不丁地抬起头。

“你睡着了？”科林问。

“没那回事，”本嘟囔着，“布道词讲得很好，但我必须在募捐之前出去。”

他还没完全清醒。

“你不是在教堂里。”科林说。

“我没说我自己，”本改口道，“谁说是我了？我什么都听见了，你说我后背上有魔法，医生管它叫风湿。”

小王侯挥了挥手。

“那是坏魔法，”他说，“你会得到更好的魔法的。现在，我准许你回去工作，但记得明天再过来。”

“我想看着你绕花园走。”本咕哝着说。

这声咕哝尽管不乏友善，但依然是咕哝。事实上，作为一个对魔法没有信心的固执的老家伙，他已经打定主意，如果非让他离开这里，那他就爬在梯子上，从墙头上看着他们，万一出了什么事，他好马上跑回来。

小王侯同意他继续留在这里，他们就开始列队前进了。这个队伍还真是很壮观呢。科林走在前面，迪肯和玛丽分别走在两边。本在后面跟着，那些小动物尾随着他们，小羊羔和小狐狸紧紧跟在迪肯身后，小白兔左右乱蹦，时不时地停下来啃啃草，“煤球”则像个管事的大人似的，一脸肃穆地跟在身后。

队伍前进得虽然缓慢，但却不乏庄严。每走一段，他们就停下来休息。科林靠在迪肯胳膊上，本警惕地四处观察，科林时不时地把手从迪肯身上拿走，自己独立走几步。他始终昂着头，看起来气宇轩昂。

“魔法在我身!”他不停地说着,“魔法让我强壮! 我能感到魔法! 我能感到魔法!”

很显然,有某种东西支持着科林。他坐在座位上,有时坐在草地上,有时在路上停下来靠在迪肯身上,但是他非要坚持绕着花园走一圈,决不放弃。当他们回到华盖一样的那棵大树时,他双颊通红,看起来得意洋洋。

“我做到了! 魔法成功了!”他喊道,“这是我第一个科学发现。”

“克莱文大夫会怎么说呢?”玛丽突然说道。

“他什么也不会说,”科林答道,“因为我们不会告诉他,这将是最大的秘密。在我能和其他男孩一样又跑又跳变得强壮之前,这里发生的事谁也不能说出去。我每天依然坐着轮椅过来,再坐着轮椅回去。在事情成功之前,我不想让别人窃窃私语、问东问西,我也不想让我爸爸知道什么。等他以后回到庄园,我要走进他的书房,对他说:‘我来了,像其他男孩一样,我非常健康,会成长为一个真正的男人。这一切都是因为一个科学试验。’”

“他会觉得他是在做梦,”玛丽喊道,“他不会相信自己的眼睛的。”

科林高兴得脸蛋红通通的。他现在坚信自己会康复,这种信念几乎就打赢了战争的一半。让他更为振奋的一点,是他的父亲在见到这个结实强壮的孩子后的表现。他最痛苦的回忆之一,就是作为一个不健康的小孩,不想被爸爸看到。

“他不得不相信。”他说。

“魔法成功后,我要做的就是在进行科学探索前成为一名运动员。”

“我们一个星期左右就带你去参加拳击比赛,”本·伍瑟斯塔夫说道,“你一定会赢的,还会成为英格兰的拳击冠军。”

科林目光坚毅地看着本。

“伍瑟斯塔夫,”他说,“不许无礼。不能因为你知道秘密就为所欲为。无论魔法如何神奇,我都不会成为拳击手,我要做科学探索家。”

“请您原谅,先生,”本触碰前额敬礼,“我应该知道这不是开玩笑的事情。”他闪烁的眼睛透露出隐藏的喜悦,很显然,他不介意被反驳,因为这反驳意味着这个小孩子已经越来越有精神了。

玛丽听得如痴如醉。
这一切都古怪而又美丽，
她想让科林继续唱下去。

第二十四章

“让他们笑吧”

秘密花园并不是迪肯干活的唯一的园子。在荒原上的小木屋旁边，有一块用低矮的乱石围起来的空地。清晨或者黄昏，还有不去见科林和玛丽的时候，迪肯就会到那儿去干活。他在地里种了些马铃薯、卷心菜、红萝卜、胡萝卜，还有药草，这可帮了妈妈的大忙了。小动物们陪着他，四处走走转转，乐此不疲。每当他挖土、除草的时候，他就吹吹口哨，或者哼唱着约克的荒原小曲，或者跟“煤球”、“船长”说话，有时，他的弟弟妹妹也会跑过来帮忙。

“多亏了迪肯的菜园子，”索尔比太太说，“我们的日子才过得这么舒坦。”迪肯种的瓜果蔬菜总是长得格外好，就连马铃薯和卷心菜都有别人家的两个大，而且味道很特别。

只要有时间，索尔比太太总喜欢走出家门，和迪肯说说话。晚饭后，她总是能享受一段傍晚前的安静时光。她会坐在矮墙上，问问迪肯这一天都发生了什么好玩的事儿。园子里不仅仅种了蔬菜，迪肯偶尔还会拿回一小袋一小袋的鲜花种子，把它们种在灌木丛里，或者卷心菜旁，不久以后就会芳香扑鼻。他还种了些木樨草、石竹花，还有三色堇。把它们的种子一年年收好，或者让有些块茎在春天里发芽，长成美丽的花丛。那矮矮的围墙是约克最美丽的风景，因为他在每一处石头缝里都种上了从荒原上挖来的毛地黄，还有蕨菜、芹菜和花儿，连石头都几乎看不见了。

“想让花花草草长得好，”他说，“就必须把它们当成自己的朋友。它们和小动物一样，渴了就要喝水，饿了就要吃饭。它们和我们一样，都想好好活着。如果它们死了，我会觉得……我会觉得自己干了坏事，没有好好对待朋友。”

正是在这样的黄昏时分，索尔比太太听说了米瑟韦斯特庄园的故事。最初，她只知道科林少爷心血来潮，和玛丽小姐一起偷偷地溜到了外面，慢慢地身体也变好了。过了不久，两个孩子觉得，是时候把这个秘密告诉她了，因为他们都觉得迪肯的妈妈是“可靠的”。

就这样，在一个美丽而宁静的夜晚，迪肯把整件事从头到尾地都告诉妈妈了，包括埋在地下的钥匙啊、知更鸟啊、死气沉沉的灰雾啊，还有玛丽小姐打算永远都不泄露的花园的秘密。他还告诉妈妈，他是怎么认识了玛丽，又如何知道了那个秘密，以及玛丽最初信不过科林少爷，最后才终于一起进了花园，还有本·伍瑟斯塔夫从墙头偷看时怒气冲冲的样子，还有科林少爷又突然大发脾气的事情，等等等等，这一波三折的故事，听得索尔比太太脸色不停地变化。

“天啊！”她说，“那个小姑娘到庄园来，还真是件好事。她不仅自己长大了，还救了科林。他居然站起来了！我们都以为他是个可怜的小白痴呢，连身子都直不起来。”

她又问了很多问题，蓝色的眼睛好像在思索着什么。

“现在，科林身体好了，也不再怨天尤人了，庄园的人怎么想的呢？”她问道。“他们也不知道怎么回事，”迪肯说，“他的脸色一天比一天好，肤色也不像以前那样白得吓人了，但是他还是必须得发发牢骚。”说到这里，迪肯乐了。

“为什么？到底是为什么呢？”索尔比太太问道。

迪肯咯咯直笑。

“他不想让人猜出发生了什么。要是医生发现他已经能自己站着了，就会写信告诉克莱文先生。科林少爷想亲自说出这个秘密。科林每天都要锻炼双腿，一直到他爸爸回来的那天。他要走进爸爸的房间，让爸爸看看自己和其他孩子一样，站得笔直。不过，他和玛丽小姐都觉得，最好还是时不时地发发脾气，鬼哭狼嚎一下，免得别人看出什么来。”

没等迪肯说玩，索尔比太太就已经笑成一团了。

“哦！”她说，“他俩真会自己找乐子，他们每天都在演戏呢！小孩子都喜欢演戏吧。快说说，他们后来怎么做了，迪肯。”迪肯不再除草了，他蹲下来，把知道的都告诉了妈妈。他的眼睛里充满了欢乐。

“科林少爷每次都要坐着轮椅出去，”他解释道，“还要冲着仆人约翰大喊大叫，骂他没有好好抬轮椅。他装出一副有气无力的样子，出门之前连头都不抬一下，坐在轮椅上的时候还要挑三拣四。他俩特别爱演，科林一抱怨，玛丽就会说：‘可怜的科林！你真的那么痛吗？你这么弱不禁风吗？可怜的科林。’有时候，他们会忍不住笑出来。等他们一到花园，就开始笑得上气不接下气，笑的时候还要把脸埋到坐垫里，免得被园丁听到。”

“他们笑得越多，对他们越好！”索尔比太太自己也忍不住笑起来，“小孩笑一笑，对健康有好处，比吃什么药都有效。他俩一定会长胖的。”

“他们已经长胖了，”迪肯说，“他们老是觉得饿，甚至不知道怎么才能吃得饱，还专门讨论过这事。科林说，要是他总让别人送吃的过来，人们就会怀疑他已经好了。玛丽小姐就说把自己的饭让给科林吃。可他又说，那样的话玛丽就会瘦了，他俩必须一起变胖。”

穿着蓝色的大衣的索尔比太太听到他们的难处，乐得前仰后合。迪肯也跟她一起乐。

“我告诉你该怎么办，”索尔比太太笑完了才说道，“我想到该怎么帮他们了。你早上去见他们时，带一桶新鲜的牛奶，我再烤点里面有葡萄干和豆子的面包，就是你们小孩都喜欢吃的那种。牛奶和面包比什么都强。这样，再加上他们从房子里带来的好吃的，差不多不用饿肚子了。”

“天啊！妈妈！”迪肯佩服地说，“您真了不起！您总是能想到办法的。昨天他们都愁坏了，除了从家里带食物出来，根本就想不出别的办法了。他们饿得肚皮都空了。”

“他俩正在长身体，还在恢复健康，所以才像小饿狼一样想吃东西。”索尔比太太说。然后她像迪肯一样，嘴角弯弯地笑起来，“哦！不过他们玩得很开心吧。”她说。

她说得没错，她可是一位出色的母亲，把日子过得有滋有味。她说“他们都喜欢演戏”，那真是一点儿也没错。科林和玛丽在演戏中获得了极大的乐趣。他们之所以想到要装模作样，就是因为护士和克莱文医生对他们起了怀疑。

“你比以前胃口好了，科林少爷，”有一天，护士对他说，“以前，你什么都不爱吃，什么都不合胃口。”

“现在，没有我不爱吃的东西了”可是看到护士好奇地看着他，他才想到，也许不该表现出自己很健康的样子，于是，连忙改口说，“至少不再让我不舒服了，因为我呼吸了新鲜空气。”

“也许吧，”护士困惑地看着他，“但是我必须和克莱文医生谈谈了。”

“她竟然盯着你看!”护士走后玛丽说道,“她似乎觉得一定有什么事情瞒着她。”

“我不会让她发现的,”科林说,“绝不能让人发现。”

那天早上,克莱文医生来了,也是一脸茫然。他问了很多问题,这让科林非常恼火。

“你经常到花园里去,”他试着说,“你都去哪了?”

科林装出一副高高在上、冷冰冰的样子,那是他最喜欢做的事。

“我不会让任何人知道我去哪了,”他说,“我去了我喜欢去的地方。每个人都必须离得远远的。我不许别人看我。你知道的!”

“你好像每天都在外面,当然,这没什么不好,起码我觉得很好。护士说你比以前吃得多了。”

“也许吧,”科林说,突然冒出一个主意,“可能这不太正常吧。”

“我不觉得,”克莱文医生说,“你长肉了,而且气色变好了。”

“也许吧,也许我感冒了,”科林说,又摆出一副灰心丧气的样子,“要死的人都有点不同寻常。”克莱文医生听得直摇头。他抓着科林的手腕,把他的袖子挽起来,摸了摸他的脉搏。

“你没有发烧,”他想了想说道,“你很健康。如果继续坚持,我的孩子,我们就不用再说死亡这样的字眼了。要是你父亲听说你进步这么大,一定会非常高兴的。”

“不许告诉他!”科林突然严厉地说,“万一我又生病了,只会让他更加失望。可能,我今天晚上就又病了呢。我可能会烧得很重。我觉得我马上就要发烧了。我不许你写信告诉他,我不想告诉他!你让我生气了,生气对我不好。我已经生气了。我不喜欢别人写信说我的事,不喜欢别人谈论我,不喜欢别人盯着我看!”

“嘘!我的孩子,”克莱文医生安慰他,“没你的允许,谁也不会写信的。你太敏感了。你已经好多了,你不应该半途而废的。”

他不再提给克莱文先生写信的事了。看见护士之后,他悄悄地警告她,不许在病人面前提及这样的事。

“这孩子的身体越来越好了!”他说,“他的变化简直不太正常。当然,这都是他自愿的,以前我们叫他做,他都不肯。但是,他还是很容易激动,要小心别说那些可能刺激他的话。”玛丽和科林提高了警惕,小心翼翼地商量着对策。从那时起,他们就开始实施表演计划了。

“我必须时不时地发发脾气，”科林遗憾地说，“我不想生气，而且我觉得没什么事情值得生气的。也许，我都不知道该怎么大发雷霆了。我没什么闹心事，想起来的都是好事，没有一件是坏事。但是，如果他们提起给我爸爸写信什么的，我倒是可以发挥一下我的演技。”

他决定少吃点，可是这个看似聪明的计划，实施起来简直太难了。每天早上，看到沙发旁边的餐桌上摆满了自制的面包、新鲜的奶酪、雪白的鸡蛋、树莓果酱和一块块的奶油，他都食欲大振。玛丽总是和他一起吃早饭，他俩坐在桌子旁，看着一片片的火腿还在滋滋地冒着油，就会绝望地望着对方。

“我觉得，我们还是把这些都吃了吧，玛丽，”科林最后总是这样说，“我们可以少吃点午饭和晚饭。”

可是，他们每顿饭都吃得一干二净。仆人把他们吃得底朝天的盘子端回去，总会惹来一番议论。

“我希望，”科林有时候说，“我希望火腿能切得再厚一点，再说了一个松饼根本就不够吃的。”

“对于一个要死的人来说就够了，”玛丽第一次听见他这么说时回答道，“但是对于一个要活下去的人来说，当然就不够了。每当荒原上石楠花和金雀花的香味从窗户飘过来时，我就觉得我能一口气吃下三个松饼。”

那天早上，他们在花园里玩了大约两个钟头后，迪肯走到一处玫瑰丛后面，拿出了两个锡桶，一个里面装满了新鲜的牛奶，上面还飘着奶油；另外一个装着自制的葡萄干圆面包，外面包着蓝白相间的餐巾。因为包裹得非常仔细，所以拿出来的时候还热乎乎的。他们又惊又喜，索尔比太太想得真是太周到了！她是多么善良，多么聪明啊！多么好吃的圆面包啊！多么新鲜的牛奶啊！

“她和迪肯一样，都有魔法，”科林说，“所以她才会有这么多办法，做好事的办法。她是个有魔力的人。迪肯，请你转告她，我们非常感激，感激不尽。”他像个大人似的，说起话来郑重其事。他喜欢这么说话，有时候，他还特意练习模仿。

“请转告她，她太慷慨了，我们对她感激不尽。”

然后，他才丢下那副小大人的派头，给嘴里塞满了小圆面包和牛奶，狼吞虎咽地吃起来。他已经在外面活动两个多小时了，又呼吸了荒原的空气，早餐已经消化完了，他早就饿坏了。

从那以后，他们经常都有这样那样的好事。其实，他们也知道，索尔比太太要养活十四口人，她或许没有办法再天天喂饱他们两个。所以，他们请求她收下一些他们自己的钱，这样她就可以买东西了。

迪肯又有了一个激动人心的发现。就是在花园外的树林里，也就是玛丽第一次听他给小动物吹笛子的地方，有个小坑，他们可以用石头垒一个小锅，用它烤土豆或者鸡蛋。烤鸡蛋，这可是他们从没享用过的奢侈品。想想吧，热腾腾的烤土豆，上面涂点盐巴和黄油，绝对可以招待森林之王了。你可以买土豆和鸡蛋，想吃多少就吃多少，不用觉得自己是从十四张嘴里抢东西吃。

每个美丽的清晨，他们围着刚开过花的"华盖树"坐成一圈，努力练习魔法。仪式结束后，科林就开始练习走路，然后抽空练习新掌握的技能。一天天，他变得更加强壮，走得更稳，时间更长。每一天，他对魔法都更加深信不疑，他一个实验接着一个实验，感到自己越来越有力量了。是迪肯让他看到什么是最美好的事情。

"昨天，"有一天早上迪肯说，"我替妈妈去怀特镇跑道，在蓝牛旅馆附件看到了鲍勃，他是荒原上最强壮的人。他是个摔跤冠军，他跳起来比谁都高，铁饼扔得也远。有几年，他还专门去苏格兰参加比赛呢。我小时候就认识他了，他很友好，我问了他很多问题。人们管他叫运动员。这时我想起了你，科林少爷，所以我就问他：'你是怎么把肌肉练得一块块的，鲍勃？你是不是有什么秘诀？'他说：'嗯，小家伙，我有自己的办法。上次有个大力士来怀特镇表演，他告诉了我如何锻炼胳膊、大腿和身体的肌肉。'我就说：'那身体瘦弱的人也能练成这样吗？'他就笑了，问我：'你就是那个身体瘦弱的小孩吗？'我说：'不是，但是我认识一位年轻的绅士，他刚刚恢复健康，我想知道怎么才能让他强壮起来。'我没说你的名字，他也没问。就像我说的，他非常和善。于是，他就站起来，向我示范如何做，我就用心记下来了。"

科林一直兴奋地听着。

"你能教我吗？"他大声说，"你能吗？"

"嗯，当然可以啦，"迪肯站起身，说道，"但是他说，一开始的时候，动作应该轻一点，要小心，不要太累，时不时地休息片刻，深呼吸，不能过度锻炼。"

"我会小心的，"科林说，"教我！教我！你真是世界上最神奇的小子!”

迪肯站在草地上,慢慢地做了一套很实用很简单的肌肉练习法。科林睁大眼睛看着他。他坐着练习了一会,现在,他又稳稳地站了起来,轻轻地做了一些动作。玛丽也开始跟着做。“煤球”看着他们表演,却显得非常烦躁不安,它从枝头上飞下来,因为没法像他们一样做而急得团团转。

从那以后,锻炼身体就像练习魔法一样,成了每天的必修课。科林和玛丽练习得越多,就越能做出不同的动作。这样做的结果就是,他们的胃口越来越好了。这都多亏了迪肯,他每天早上都把食物篮子放在灌木丛后。光是坑里的小石锅和索尔比太太给他们做的加餐,就已经能让他们吃饱了。结果,麦德洛克太太、护士,还有克莱文医生都感到非常困惑。因为他们又开始对早餐挑挑拣拣,对晚餐不屑一顾了。其实,他们每天光是吃烤鸡蛋、烤土豆、牛奶、燕麦饼、圆面包和蜂蜜就已经饱饱的了,难怪会这样。

“他们几乎什么都没吃,”护士说,“要是他们再不听话,什么也不吃的话,他们会饿死的。可是,他们看起来又不像饿坏了的样子。”

“瞧瞧!”麦德洛克太太愤怒地说,“天啊! 我要被他们折磨死了。他们真是一对魔鬼。前一天还吃得快把肚皮撑破了,第二天就对人间美味看都不看一眼;昨天还吃得津津有味的嫩鸡肉和面包果酱,今天就一口不动。那个可怜的女人还特意做了布丁给他们吃,现在她都要哭了。她害怕万一他们饿死了,她可担不起这个责任。”

克莱文医生仔细地看了科林很长时间。护士跟他说话,还把几乎一动没动的早餐盘子拿给他看,他也是一脸忧虑。他坐在沙发旁给科林检查身体时,简直就要愁坏了。自从他去伦敦处理公务,几乎有两个星期没见到科林了。他开始恢复健康时,速度非常惊人,蜡像般惨白的脸色消失了;皮肤开始出现玫瑰色;漂亮的眼睛清澈见底;脸颊和太阳穴的肉也丰满了;黑色卷曲的头发开始显得健康了,从额头上垂下来,柔软,温暖,散发着生命力;他的嘴唇也更加饱满了。事实上,他的样子跟病人完全不相称。克莱文大夫举着他的下巴看了又看。

“听说你什么东西都没吃,我很难过,”他说,“这样可不行,你会前功尽弃的。不久前,你还挺能吃的。”

“我跟你说过了,那时候我食欲不太正常。”科林答道。

玛丽坐在旁边的脚凳上，突然发出一个奇怪的声音，她想憋回去，几乎要噎着了。

“你怎么了?”克莱文医生看着她问道。

玛丽突然变得很严肃。

“有点像喷嚏，又有点像咳嗽，”她略带责备地说，“就在我喉咙这里。”

“但是，”她后来跟科林说，“我自己停不下来。当时我突然想到你吃过的那个大土豆，还有你吃果酱面包时的样子，我就忍不住了。”

“他们有没有可能偷偷地吃了什么呢?”克莱文医生问麦德洛克太太。

“除非他们从地里挖东西吃，或者从树上摘东西吃，”麦德洛克太太说，“他们整天呆在外面，谁也不见。他们要是想吃点别的东西，也只能向我们要。”

“嗯，”克莱文医生说，“既然不吃东西对他们没什么不好，那不吃也行。科林简直像换了个人似的。”

“玛丽也是，”麦德洛克太太说，“她变成一个漂亮的小姑娘了。胖了，脸色也好了。那个坏脾气的家伙不见了，科林少爷和她总是笑哈哈的，他们都长肉了。”

“也许吧，”克莱文医生说，“就让他们笑吧。”

第二十五章

帘　　子

在秘密花园里，鲜花如火如荼地盛开，每个清晨都带给人新的惊喜。知更鸟在巢穴里下了一些蛋，知更鸟的太太小心翼翼地坐在上面，用胸口的羽毛和翅膀温暖着它们。起初，知更鸟总是非常警惕，它的爱人也很紧张。在那些日子里，连迪肯都不敢到附近的角落去了，直到后来，他似乎悄悄用了什么神奇的咒语，才让这对鸟儿相信，花园里的一切生灵，无不和它们一样，了解正在发生的充满了神奇色彩的一切，了解孵蛋是一个令人心醉的过程，充满了温柔、美丽和庄严。如果蛋宝宝被带走或是被损坏了，整个世界都将天旋地转，分崩离析。哪怕有一人不明白这一点并以此行事，即使是金色的春天时光也无法令人幸福。大家都知道这一点，知更鸟夫妇和他们心照不宣。

最初，知更鸟总是紧张地盯着玛丽和科林，但不知为什么，它对迪肯却一点也不戒备。当它黑色的眼睛第一次看到迪肯时，就知道他不是陌生人，他也是一只知更鸟，只不过他没长羽毛，也没有长长的鸟嘴。他能说“知更话”(一种特征明显不会混淆的语言)，对知更鸟说知更话就像对法国人说法语一样自然。迪肯总是和知更鸟说知更话。知更鸟觉得迪肯和人类说话时，总是叽里咕噜的，那肯定是其他人不够聪明，理解不了鸟类的语言。他的一举一动也非常知更化。他从不突兀，从不显得危险或是充满威胁。知更鸟能理解迪肯，所以他的出现并没有令鸟儿不安。

然而，一开始，还是有必要防范其他两个小孩的。首先，那个男孩并不是走进来的，而是坐在一个有轮子的东西上被推进来的，身上还盖着野生动物的皮毛。这一点就很可疑；其次，他开始站起来四处转悠时，看起来不太寻常，好像还需要其他人的帮助。知更鸟总是藏在灌树丛里，紧张地盯着看，头一会歪向这边，一会又歪向那边。知更鸟觉得，他的这种慢动作是准备行动的前奏，就像狮子、老虎跳跃前总是慢慢地先把身体伏在地上一样。一开始，知更鸟不停地和妻子讨论着这件事，但是，后来它决定不讨论这个话题了，因为它的太太显得很害怕，它担心这样会对蛋宝宝不好。

后来，男孩开始自己走路，而且越走越快，这才让人松了口气。但很长一段时间——至少在知更鸟看来如此——他仍让人感到焦虑。他和其他人类不太一样。他好像很喜欢走路，但走着走着却要躺下来歇一会，然后再站起来走，这令人不安。

有一天，知更鸟想起来，它小时候在父母身边学习怎么飞的时候，也跟这男孩差不多。它总是飞一小段，大概几英尺不到吧，就必须得休息一会。在它看来，男孩也是在学习飞翔，或者说，是在学习走路。后来它跟太太说起这一发现，还提到等鸟宝宝孵化出来，可能也要像男孩一样学习飞翔时，这让它的太太兴致勃勃，每天站在巢穴边上观察男孩走路，尽管它认为自己的孩子会比男孩聪明，学得更快。后来它还说，人类就是不如小鸟聪明伶俐，他们中大多数根本就学不会怎么飞，你从来没在天空中或者树梢上遇见过他们。

后来，男孩开始像其他人一样四处溜达，但三个孩子常常会一起做些奇奇怪怪的事情。他们站在树下，伸伸胳膊伸伸腿，还摇头晃脑的，既不像跑，也不像走，更不像坐着。他们每天都做这些运动，知更鸟不知道如何跟妻子解释。但是，因为男孩能说知更话，所以它知道他们做这些动作是没有危险的。它们当然没听过摔跤冠军如何锻炼肌肉的事情。知更鸟和人类不同，它们的肌肉天生就锻炼好了，如果你每天都要飞来飞去才能吃到饭的话，你也会有一身好肌肉的。

当男孩像其他人一样，四处乱跑、挖地、除草的时候，知更鸟在一边的角落里，在角落的那个巢穴里，安静而满足，也不必再为蛋宝宝担心了。知道鸟蛋像锁在银行保险箱里一样安全，它高枕无忧地观看着有趣的事情发生，这实在是最好的消遣。下雨时，母知更甚至感觉有点无聊，因为孩子们都不到花园里来了。

可是，玛丽和科林就算下雨天也不想闲着。这天早晨，雨下个不停，为了安全起见，科林不能起来四处乱走，他不得不坐在沙发上，这让他有点坐立不安了。这时，玛丽想到一个主意。

"现在我已经是个真正的男孩子了，"科林说，"我的胳膊、腿，我的整个身体，都充满了魔力。我没法让它们不动，它们一刻也不想停。你知道吗，玛丽，今天早上我醒来的时候，时间还早呢，鸟儿已经在外面叽叽喳喳地乱叫了，好像所有的东西都在欢快地叫着，就包括那些树木啊我们听不到的东西啊也在叫。我恨不得也从床上跳起来一起叫。如果我那么做了，想想会发生什么事？”

玛丽笑个不停。

“护士会跑过来，麦德洛克太太也会跑过来，她们一定觉得你疯了，还会把医生也请过来。”她说。

科林自己也咯咯直笑。他能想象到，如果他们看到自己站起来了，该有多么惊讶啊。

“我希望爸爸能回家，”他说，“我想亲自告诉他。我一直在想，我们不能这样了。整天躺着，假装自己还在生病，我可受不了了。而且，我现在看起来也和以前不一样了。真希望今天不下雨。”

这时，玛丽小姐想到一个主意。

“科林，”她神秘兮兮地说，“你知道这座房子里有多少个房间吗？”

“我猜，差不多有一百个吧。”他说。

“差不多有一百个，没人进去过，”玛丽说，“在一个下雨天，我去看过了。没人知道我去看过，虽然麦德洛克太太发现我了，但她也不知道。回来的时候，我迷路了，就停在你房间走廊的尽头，那是我第二次听见你哭。”

科林从沙发上站起来。

“一百个没人进去的房间，”他说，“这简直和秘密花园一样了。想想要是我们能去看看，那该多好。推我的轮椅出去，没人知道我们去了哪里。”

“我就是这么想的，”玛丽说，“没人敢跟着咱俩。你还可以顺着走廊跑。我们还能做做肌肉锻炼操。有一个印度风格的房间，里面有个橱柜，橱柜里摆满了象牙雕刻的小象。这些东西各种各样的，千奇百怪。”

“按铃！”科林说。

护士进来了，科林给她下了命令。

“把我的轮椅推来，”他说，“玛丽小姐和我打算去房子里没人用的房间看看。约翰可以把我推到画廊，因为那里有台阶。然后他就离开，我俩自己呆着，有事我会再叫他的。”

那天早晨，雨天看起来也没那么可怕了。当仆人把轮椅推到画廊，遵守命令把他俩留在那里时，科林和玛丽高兴地看着对方。玛丽确定约翰已经往回走了，这时，科林马上从轮椅上跳下来。

“我要从画廊这头跑到那头，”他说，“我还要跳远，然后咱俩做鲍勃的锻炼体操。”

他们做了很多事情。他们看着那些肖像，发现有个不起眼的小女孩，戴着绿色的胸针，手上还举着一只鹦鹉。

“这些人，”科林说，“肯定都是我的亲戚。他们生活的年代离现在已经很远了。那个拿着鹦鹉的小孩，我觉得应该是我的曾曾曾祖母。她看起来很像你，玛丽，不过，不是像现在的你，是像你刚来时候的样子。现在你胖多了，样子也好看了。”

“你也一样。”玛丽说，他俩都笑了。

他们去了印度房间，在里面玩象牙小象。他们看到了覆盖着玫瑰色丝绸的化妆间，还有被老鼠钻出洞的靠垫。不过，现在老鼠早已经长大离开了，所以洞也空了。他们看了很多房间，比玛丽第一次独自来到这里时看到的还要多。他们看到了很多新的走廊、角落和阶梯，很多他们喜欢的古老的画像，还有他们不知道如何使用的古老的奇怪的东西。这个早晨充满了乐趣，虽然在同一个房间转悠，可是又感觉其他人离自己已经千万里远了。这件事真的很神奇。

“来这里我真高兴，”科林说，“我还不知道自己住的房子这么大、这么怪呢。我喜欢这儿。以后我们下雨天就来转转吧，肯定还能发现新的东西。”

那天早上，他们食欲大好，好到回房间后，根本不可能把午饭丝毫不动地送回去。

护士把盘子拿回去放在厨房里，厨师路梅斯太太看到的是干干净净的盘子碟子。

“看！”她说，“这房子真是太奇怪了，而这两个孩子更是怪中之怪。”

“要是他每天都吃得这么干净，”年轻而强壮的约翰说，“也难怪他比一个月前重两倍了。这样下去，我早晚得走人，免得肌肉损伤。”

下午，玛丽注意到科林房间发生了新的变化，她昨天就注意到了，但是，她没吱声，她以为只是巧合。她今天也没说，但是一直盯着壁炉上面的肖像看，因为帘子拉开了，所以她能看见。这就是变化所在。

“护士会跑过来，
麦德洛克太太也会跑过来，
她们一定觉得你疯了，
还会把医生也请过来。”

“我知道，你想让我告诉你这是怎么回事，”科林在玛丽盯了几分钟之后说，“你想让我告诉你什么事情的时候，我都知道。你在想为什么帘子被拉开了，其实，我打算一直拉开了。”

“为什么?”玛丽问。

“因为看见她笑我不再生气了。两天前，我醒来时，明亮的月光照进房间，使房间充满了魔力，一切都好像闪闪发亮似的。我没法躺着了。我起床，向窗外望去。房间很明亮，月光照在帘子上，有某种东西驱使我拉开了帘子。她就那样看着我笑，好像很高兴看见我。我也看着她，我想一直这样，看着她微笑。我觉得她一定是魔法里的人物。”

“你现在看起来很像她，”玛丽说，“有时候，我觉得你可能是她的灵魂变的。”

这个说法让科林很感兴趣，他想了一会，然后慢慢地说:“如果我是她的灵魂，那爸爸就会喜欢我了。”

“你想让你爸爸喜欢你?”

“我以前讨厌这幅画像，就是因为他不喜欢我。如果他喜欢我了，我想我可以把魔法的事情告诉他，这可能会让他更高兴的。”

第二十六章

“是妈妈！”

他们坚定不移地信仰魔法。每天早晨，科林念完“咒语”之后，就给他们做些“魔法”的演说。

“我之所以热衷于演说，”他解释道，“是因为等我长大后进行科学探索时，将不得不四处演说，所以我必须要训练自己。现在我只能发表简短的演说，因为我还非常年轻，而且本·伍瑟斯塔夫一听演说就觉得自己在教堂，要打瞌睡了。”

“发表演讲最大的好处，”本说，“就是小孩子一起床，可以尽情地胡说八道，还没人能反驳他。有时候，我自己也想说说。”

但是，当科林在树下滔滔不绝地发表演说时，本·伍瑟斯塔夫总是目不转睛地盯着他上下打量，目光里满是喜爱之情。倒不是科林的演说多么精彩，而是男孩一天比一天更加笔直强壮的双腿、高昂的头颅、日益丰满的双颊和炯炯有神的双眼深深打动了他。有时，科林看到本真诚地凝视着他，觉得他一定是被自己的演说打动了，有一次，他就问了本一个问题。

“你在想什么呢，本·伍瑟斯塔夫？”他问。

“我在想，”本说，“就像我说过的，你这周得长三四磅肉。看看你的肩膀，我得把你放秤上称称。”

“是魔法，还有索尔比太太的面包、牛奶和其他食物的功劳。”科林说，“你看，科学实验已经成功了。”

那天早上，迪肯来得太晚了，没听到演说。他跑得脸蛋通红，看起来比平常更明亮了。下过雨后，花园里长出很多杂草，他们得马上开始除草。雨水的滋润，不仅对鲜花有好处，也让杂草四处生长。科林现在除草像其他人一样在行，能边演说边干活了。“工作的时候，魔法才发挥得最好。”早上他说，“你的骨骼、肌肉都能感受到魔法。我打算读一些关于骨骼和肌肉的书籍，同时，我打算写一本关于魔法的书。我现在就开始构思了，我会不断产生新的想法。”

没过多久，他就撂下泥铲，站了起来，沉默了好几分钟，看得出来是在构思演讲，就像平常一样。后来，当他再次撂下泥铲站起来时，玛丽和迪肯觉得他好像是被某种强烈的想法突然激发了一样，身体挺得笔直，激动地挥舞着胳膊，容光焕发，眼睛炯炯有神，好像一瞬间大彻大悟了似的。

"玛丽！迪肯！"他喊道，"看我！"

他们看着他，不再除草了。

"还记得你们第一次带我来这的那天早晨吗？"他问道。

迪肯专注地看着他。作为一名动物魔术师，他能看到很多大多数人看不到的东西，但对很多事情，他都守口如瓶。此刻，他在这个男孩身上看到了些不同寻常的东西。"嗯，我们记得。"他答道。

玛丽也很专注，但是她什么也没说。

"就在刚才，"科林说，"我忽然想起来了，当我看着自己用力地用泥铲挖地时，我不得不站起来，以便确认这一切都是真实的。这确实是真实的！我好了！我好了！"

"是的，你好了！"迪肯说。

"我好了！我好了！"科林又说道，他的脸涨得通红。

以前，他也曾经以某种方式意识到这一点，他期待、感受、思考，但就在刚才，某种神奇的东西涌过他的身体，那是某种狂喜的信念，某种认知，他忍不住喊了起来。

"我会一直活着，直到永远！直到永远！"他大声喊道，"我要发现成千上万的事物！我要了解人，了解动物，了解一切生命！我要像迪肯一样，不断地创造奇迹！我好了！我好了！我感觉，我感觉我想要呼喊点什么，感恩！快乐！"

本·伍瑟斯塔夫一直在玫瑰树丛旁干活，这时也回过头来。

"你们可以唱颂歌了。"他干巴巴地嘟囔着。他对颂歌一点感觉也没有，他提出这个建议可不带任何恭敬的色彩。

但是科林具有探索精神，虽然他对颂歌一无所知。

"颂歌是什么？"他问道。

"让迪肯唱给你听听吧。"本说道。

迪肯笑了笑，那是动物魔术师明察秋毫的微笑。

"这首歌是在教堂里唱的，"他说，"我妈妈认为云雀一早飞到天空时，唱的就是这首歌。"

“如果她这么说，那一定是首好听的歌。”科林说，“我自己从来没去过教堂，我总是生病。唱这首歌吧，迪肯，我想听听。”

迪肯是个单纯、毫不做作的孩子。他比科林更清楚他的感受，这是一种自然的直觉，以至于他自己都不知道这完全是出于理解。他摘下帽子，微笑着看着周围。

“你必须把帽子摘下来，”他对科林说，“你也是，你们必须站着，你知道的。”

科林摘下帽子，阳光温暖地照在他浓密的头发上，他专注地看着迪肯。本从地上起来，光着脑袋，一副不情愿的生气模样，好像他实在想不出来为什么要如此郑重其事。

迪肯站在大树和玫瑰花中间，开始唱起来：

“歌颂上帝，赐福我们
歌颂上帝，万物众生
歌颂上帝，天堂宝座
圣父、圣子、圣灵，阿门”

他唱完了。本一动不动地站着，眼睛盯着科林，科林则一脸沉思。

“这是一首很好的歌，”他说，“我很喜欢。我想呼喊出来的对魔法的感激，可能就是这首歌要表达的意思。”他停下来思考了一下，“可能它们就是一样的东西。我们怎么可能知道每个东西的名字呢？再唱一遍吧，迪肯。咱俩也试试，玛丽，我也想唱。这就是我的歌。怎么开始？‘歌颂上帝，赐福我们’？”

于是他们又唱了一遍，科林和玛丽提高声音，唱得悠扬动听，迪肯也一样。唱到第二行的时候，本清了清嗓子，到第三句时，他直接就跟着大声唱了，而且还唱得特别卖力，几乎都有点粗野了，唱到“阿门”结束句的时候，他的表情发生了变化，变得和发现科林不是个瘸子时一样了，下巴扭曲，眼神专注，双颊湿润。

“我以前从没觉得颂歌有什么意思，”他声音嘶哑，“但现在我改变主意了。我敢说你这周能长五磅肉。”

科林朝花园望过去，他好像被什么东西吓到了似的。

“谁进来了？”他问，“是谁？”

常春藤墙上的门被轻轻地推开了，一个女人走了进来。她是在他们唱到最后一句时进来的，一直站在那里静静听着，看着他们。常春藤就在她的身后，阳光穿过树叶，照在她长长的蓝色斗篷上。她和善的面孔绽放的微笑，透过一片绿荫，看起来就像是色彩柔和的图画书里的人物；她的眼神充满慈爱，好像能看懂一切，就连本和小动物，还有花朵也被她看在眼里。她就这样不经意地出现，没人意识到她是个闯入者，这时，迪肯的眼睛像台灯一样亮了起来。

“是妈妈！是妈妈来了！”他喊着跑过草地。

科林也朝她走去，玛丽在后面跟着他。他俩都感觉脉搏加快了。

“是妈妈！”迪肯在途中跟他们说，“我知道你俩想见她，所以就告诉她门在哪里了。”

科林伸出手，带点皇家的尊严，又有点羞答答的，但是蓝色的眼睛却一直专注地看着她。

“我生病的时候就想看看你了，”他说，“你和迪肯，还有秘密花园。我以前从没想过去看其他人，或者其他东西的。”

他的脸蛋也让迪肯妈妈的脸色有了变化。她也涨红了脸，嘴角微微颤抖，眼睛好像蒙了一层雾。

“哦，亲爱的孩子，”她激动地说道，“哦，亲爱的孩子……”她不知道该说些什么。她没说“科林少爷”，只是说“亲爱的孩子”。她会对迪肯说同样的话。科林喜欢这样。

“你是因为看到我好了，所以才这么吃惊的吗？”他问道。她把手放在他的肩膀上，湿润的眼睛露出笑意。“是的，是这么回事。”她说，“你和你妈妈长得太像了，所以我的心脏才怦怦直跳呢。”

“你觉不觉得，”科林有点不好意思地问，“我爸爸看到我这样，会喜欢我呢？”

“嗯，当然了，亲爱的孩子，”她轻轻地拍了拍他的肩膀，说道，“他会回家的，他会回家的。”

“苏珊·索尔比，”本·伍瑟斯塔夫走近她，说道，“看看这孩子的腿，两个月前还像袜子里的竹竿似的，别人说都是弯的。现在你看看！”

苏珊·索尔比笑出声来，声音非常好听。

“你的腿和其他孩子一样结实，”她说，“就让他继续在花园里游戏、干活吧，该吃就吃，该喝就喝，他们会长得结实的。谢谢上帝！”

她把手放在玛丽小姐的肩膀上，像个慈爱的妈妈一样看着她的小脸蛋。

“你也一样，”她说，“你和我家的艾伦一样长大了。我敢说你也像你的妈妈。我家玛莎告诉我，麦德洛克太太听说你妈妈是一位非常漂亮的女士，所以，你也会出落得像玫瑰花一样娇艳的。上帝保佑你。”

她可没提玛莎那天放假回家时，跟她说那个小孩是如何其貌不扬，酸不溜秋的；还说，就算她妈妈长得再漂亮，她对那个孩子也没信心。“真想不到，那么漂亮的女士怎么能生出这种孩子。”她甚至这样说。

玛丽没时间注意自己的模样变化，她只知道自己看起来不一样了，头发多了，长得快了。但是此刻，她很高兴自己长得像妈妈了。

苏珊和他们一起在花园里转了转，了解了整个事情的来龙去脉，参观了每一棵树，知道了它们都是如何复活的。每个小孩都仰着玫瑰色的脸蛋看着她，脸上是愉快的好奇表情，非常温暖，非常期待。她好像能像迪肯了解小动物一样了解孩子们。她在花朵旁边停下，好像谈论孩子一样谈论着花。“煤球”跟着她，时不时地朝她叫两声，停在她的肩膀上。他们告诉她知更鸟的事情，还有小鸟第一次飞过来时的样子，她听得哈哈大笑。

“我猜它们学习飞翔就像小孩学习走路一样，我怕它们会摔断了翅膀。”她说。

他们肯把魔法的事情告诉她，这完全是因为她看起来就是荒原小屋上慈爱的母亲。

“你相信魔法吗？”科林解释了印度僧人的事情，问道。

“我相信，孩子，”她说，“虽然我没听过这个名字，但是名字有什么要紧的呢？我相信在法国他们还有一个不同的名字，在德国也许叫法又不一样。让种子在阳光的照耀下发芽，让你康复，这事情就是好的。和我们人类不一样，要靠名字来识别。真正的大好事从不停下来担忧，它总是能改变世界，改变我们的世界。满世界都是大好事。我进花园时，你就在歌颂它。”

“我觉得真欢乐。”科林说，对着她睁开了美丽奇怪的眼睛，“突然，我觉得自己很不一样，我的胳膊和腿很不一样，你知道的，我能挖地，能站起来。我想跳跃，想叫喊，对着随便什么愿意听的东西叫喊。”

“你们唱赞美诗的时候，魔法在听，其实随便你唱了什么，它都会听。关键是欢乐。啊！孩子，孩子，该怎么称呼那个制造欢乐的东西呢？”她给他的肩膀轻快温柔地一拍。

今天早晨，她准备好一篮子的食物，一到吃饭的点，迪肯就把篮子拿出来，她和他们一起坐在树下，爱怜地看着他们狼吞虎咽，看着他们大吃大喝。她满心快乐，用各种怪事逗他们大笑。她用约克话给他们讲故事，教他们新词儿。他们告诉她，科林假装自己是个病人，装作自己很痛苦的样子，她也被逗得哈哈大笑。

“你瞧，我们在一起的时候几乎一直忍不住要笑的，”科林解释道，“听起来一点都不像生病。我们得把笑声使劲憋回去，可还是忍不住。这听起来再糟糕不过了。”

“我脑子里常常冒出一个想法，”玛丽说，“这个想法总是冷不丁地冒出来，简直憋不住。我不停地想，早晚有一天，科林的脸会长得像十五的月亮一样圆。尽管现在还不像，可是，他每天都胖上一点点，那么迟早有一天早晨就会像满月一样，那时我们该怎么办？”

“上帝保佑，我知道你们不得不演戏给他们看，”苏珊·索尔比说，“不过你们不用再坚持多久了。克莱文先生会回家的。”

“您觉得他会？”科林问，“为什么？”

苏珊·索尔比温柔地笑了。

“我猜，要是在你用自己的办法告诉他以前，如果他知道了，会让你心都碎了，是吗？”她说，“我知道你们计划了很久。”

“我受不了别人先告诉他，”科林说，“我每天都在想不同的办法。现在我就想跑进他的房间。”

“他一定会大吃一惊的，”苏珊·索尔比说，“我真想看看他脸上的表情，孩子。我一定要看看！他真该回家了，他该回来了。”

他们还讨论了去她家的事情。他们全都计划好了，他们要坐车穿过旷野，然后在石楠花花丛里吃午饭。他们会看到十二个孩子，还有迪肯的花园，一定要玩到筋疲力尽才回来。

苏珊·索尔比终于站起来，她要回房子里麦德洛克太太那儿。科林也该坐轮椅回去了。不过，他在坐轮椅之前，走到了苏珊跟前，眼睛盯着她，神情里充满了爱，还有点困惑。突然，他抓住她蓝色的罩衣，紧紧握在手里。

“您就是——就是我要找的人，”他说，“我但愿您是我的妈妈，不仅仅是迪肯的妈妈！”

这时，苏珊·索尔比弯下腰，把他搂到怀里，抱在蓝色斗篷下面，仿佛他是迪肯的弟弟一样。泪水夺眶而出。

“啊！好孩子！”她说，“你的妈妈就在这个花园里，我真的相信，她没有离开这里。你爸爸一定会回来的，放心，他一定会回来！”

第二十七章

在花园里

从世界诞生之日起，每个世纪都涌现出奇妙的事物，而上个世纪的新事物又远远多于以往任何一个世纪。新世纪不断出现令人震惊的新事物，起初，人们拒绝相信如此陌生的奇妙事物的出现，后来他们开始期望这可以实现，直到后来他们亲眼见证了这一切，又开始怀疑为什么之前没有出现。上个世纪，人们发现的新事物之一，就是思想，仅仅是思想，和电池一样有力的思想，它可以像阳光一样有益，也可能像毒药一样有害。悲伤的、或者有害的思想对头脑的摧残，不亚于一场猩红热对身体的损害。一旦产生这种思想，可能终生都无法治愈。

玛丽小姐的脑袋里原来都是不好的思想。她不喜欢人群，对人刻薄，没有什么事让她感兴趣或是高兴，所以她皮肤蜡黄，整天病快快的，是个可怜又无趣的小孩。好在环境改变了，虽然她没意识到，所以她开始朝好的方向改变了。知更鸟、挤满小孩的荒原小屋、脾气暴躁的老园丁、不起眼的约克女仆、春天、秘密花园、还有荒原小子和他的小动物，充斥了她的头脑，赶走了坏的思想，让这些坏思想再也没法损害她的肝脏和消化系统，再也没法让她的脸蛋变黄，浑身疲倦了。

科林把自己关在房间里，整天恐惧、虚弱，讨厌别人看他，总想着自己会长大包，早早死去，所以他总是歇斯底里，还差点疯掉，这个小抑郁症患者对阳光、春天一无所知，不知道自己可以康复，可以自己站着。当美丽的思想开始赶走旧的坏思想时，生命力就复活了，他的脉搏又流淌着健康的血液，浑身像潮水一样充满了力量。他的科学试验非常实际、简单，一点也不古怪。任何一个人都可以做到，当头脑里充满了坏思想时，要及时用好的思想把它赶跑。两种思想不能同时存在。

“玫瑰生长的地方，蓟无容身之地。”

秘密花园渐渐恢复生机，两个孩子也越来越有活力。此刻，一个男人游荡在美丽的远方，挪威的海湾、山谷、水似的山峦，处处留下他的足迹。十年来，他的思想里充斥了黑暗和心碎的想法。他没有勇气，从未尝试用其他的想法代替这些坏的思想。他在蓝色的湖畔边漫步，他想到这些；他在深蓝色龙胆花盛开的山坡躺着，他想到这些；他呼吸着弥漫鲜花味道的空气，还是想到这些。每当他开心时，也总是被悲伤笼罩。他任由黑暗充斥自己的灵魂，拒绝阳光照耀。他遗忘了自己的家园，逃避自己的责任。当他四处旅游，黑暗笼罩着他的时候，他的样子对别人来说就是个错误，因为他的阴郁毒害了周围的空气。他是个肩膀弯曲的高个子，每次在旅馆登记都用这个名字："埃切贝尔得·卡莱文，米瑟维斯特庄园，约克，英格兰"。

自从在书房里看到玛丽小姐，告诉她可以有自己的一块地以后，他又游历了很多地方。他去了欧洲最美丽的地方，尽管他在任何地方都不会呆太久。他总是选择那些最安静、最遥远的地点。他到过山峰高耸入云的山顶，在日出时俯视群山，触摸阳光，感觉世界好像刚刚诞生。

但是这一束光从未接触到他自己，直到有一天，十年来他第一次意识到，发生了奇怪的事情。当时他正在澳大利亚一个美丽的山谷中独自行走，穿梭在这样的美景之中，他的灵魂仿佛也从阴影中升腾出来。他已经走了很长一段路，但是依然没有提升自己的灵魂。最后，他感觉累了，就在小溪边的青苔上坐下来休息。这是一条清澈的小溪，欢快地从狭窄的绿色中流过，有时发出好像笑的声音，有时流过圆圆的鹅卵石。他看见鸟儿飞过，低头啄着溪水，又扑扇着翅膀飞走了。一切都生机勃勃，即使是某种细小的声音也只能使得这份静谧更加深沉。山谷安静极了，安静极了。

他坐在那里，看着潺潺的溪水，突然感觉自己的思想和身体变得很安静，像山谷一样安静。他怀疑自己是不是要睡着了，他盯着阳光照耀的水波，直到眼睛看到事物在生长。

"怎么回事?"他把手掠过前额，低声说道，"我感觉，自己似乎又活过来了。"

我对未被发掘的神秘事物的了解还不足以解释此事，其他人也做不到，就是他自己恐怕也不了解。但是回到米瑟韦斯特庄园数月后，一个非常偶然的机会，他发现那天刚好是和科林走进秘密花园，

他去了欧洲最美丽的地方，

尽管他在任何地方都不会呆太久。

呼喊“我会一直活下去，直到永远！”的同一天。

整个晚上，他感受着这种非凡的宁静，安稳地睡了个好觉。可是没过多久，宁静就消失了，他不知道如何保持。第二天晚上，他打开了思想的大门，窥视着那些阴暗的想法，它们如军队般涌现。他离开山谷，继续游荡。但是，总会有那么几分钟，有时甚至是半个小时，黑色的负担会离他而去，使他感到自己获得了新生，不再是个活死人。慢慢地，慢慢地，他意识到，自己已经和花园一起复活了。

当盛夏变成了金秋，他来到了意大利的科莫湖。在那里，他重新发现了梦想的美好。有时，他徜徉在水晶般蓝色的湖边；或是爬到碧绿的山坡上，直到身心疲惫，昏昏欲睡。但是现在，他睡得好多了，梦也不像以前那么可怕了。

“也许，”他想，“是我的身体好起来了。”

他的身体的确好起来了，也许，因为这难得的数小时的平静，他的思想也开始变得澄澈，他的灵魂也变得坚强了。他想起米瑟维斯塔庄园，并考虑着也许应该回家了。偶尔，他也会想起自己的孩子，自问如果重新站在雕刻的四柱大床旁，看着男孩棱角分明的白皙面庞，沉睡中黑色睫毛包围的紧闭的双眼，会是什么感觉。但他回避了这一想法。

在一个神奇的日子里，他走了很远很远的一段路，当他回来时，月亮已经高高地挂在天空，整个世界一片银色，湖水和沙滩笼罩在寂静之中。他没有回到住处，而是沿着湖边的草地走去，在一个位子上坐了下来。他尽情地呼吸着夜晚的芬芳，奇怪的平静又悄悄回到了他的身上。后来，他睡着了。

他不知道自己什么时候睡着的，又是什么时候进入了梦想。梦境如此真实，他都分不清自己是不是在做梦。后来他想起，当时他是多么清醒、多么警觉。他觉得，当时他就是坐在那里，呼吸着玫瑰的芬芳，倾听着流水潺潺的声音，然后听到呼唤声，声音甜蜜、清晰而欢乐，从很远的地方传过来。似乎是远方的声音，可听起来就好像在身边一样清晰。

“阿奇！阿奇！阿奇！”喊了一遍又一遍，一声比一声更甜蜜、更清晰，“阿奇！阿奇！”

他感觉自己跳了起来，却一点也没害怕。声音非常真实，他听见了。

“莉莉娅！莉莉娅！”他回应道，“莉莉娅！你在哪里？”

“在花园里！”声音好像从金色的长笛传出来一样，“在花园里！”

这个梦到这就结束了，可他并没有醒。那个美好的夜晚，他睡得很沉很甜。第二天睁开眼睛时，天已经大亮了，一个仆人站在那里看着他。这是一个意大利男佣，如同他庄园里的其他仆人，他习惯了接受使唤，外国主人作出任何奇怪的事情也从不多嘴过问。谁也不知道他什么时候走，什么时候回来，晚上会在哪里睡觉，会不会在花园闲逛，或是整晚躺在湖水的小船上。他有一个小托盘，上面装了信件，他总是等着克莱文先生拿走它们。他走后，克莱文先生坐了几分钟，手里攥着信，看着湖面。那股奇怪的平静仍然呆在他的身上。他感觉自己经历过的最残忍的事情仿佛从未发生过一样，又仿佛发生了些什么。他想起了那个梦，那个真实的不能再真实的梦。

“在花园里！”他自言自语道，但却怎么也想不明白，“在花园里！但是门已经锁上了，而且钥匙也深深地埋在地下了。”

几分钟后，他扫了一眼那些信件，放在最上面的一封信是一封英文信，来自约克，是一位女人的字迹，但他看不出来是谁写的。他没多想就打开了信，但他立刻就被信里的头几个字吸引住了。

“亲爱的先生：

我是苏珊·索尔比，有一次您路过荒原时，我曾冒昧地跟您说过话。那次，我跟您谈起了玛丽小姐的事。请原谅我再次冒昧地说，先生，如果我是您，我一定会回家的。如果您能回来，一定会非常高兴的。请原谅我这么说，我想，如果夫人还在世，她也会请求您回家的。

您忠实的仆人

苏珊·索尔比”

克莱文先生又把信读了两遍，才放回信封。他一直在想着那个梦。

“我要回到米瑟韦斯特庄园，”他说，“是的，马上就回。”

于是，他穿过花园，回到了住处，吩咐皮切尔收拾收拾，他要回到英格兰去。

几天后，他又出现在了约克郡。在漫长的旅途中，他发现自己一直想着儿子，这可是近十年来的第一次。这些年来，他一直试图忘记科林，可对儿子的记忆却不停地浮现在脑海。他还记得那些痛苦的日子，妈妈死了，而孩子还活着，并且他还像个疯子一样胡言乱语。

他并非有意做一个坏爸爸，只是他根本没觉得自己是一个爸爸。他安排了医生、护士伺候科林，但他连想都不敢想自己有个儿子。他沉浸在自己的苦恼中。他曾经离开庄园一年，回来第一眼，看到的是一个表情痛苦的小家伙。

这一切回忆都并非是振奋精神的事情，但是，随着火车带着他蜿蜒穿过山路和金色的平原，这个正在"活过来"的人开始用一种新的方式思考，他思考得很久、很深、很清醒。

"也许我错了整整十年。"他对自己说，"十年很长啊。恐怕一切都太迟了，实在太迟了。这些年我都是怎么想的！"

当然了，这是错误的魔法——一开始就说"太迟了"。就算科林都能告诉他，这是错误的。不过他完全不懂魔法，不论白的还是黑的。这个他还要学。他想知道，苏珊·索尔比鼓起勇气给他写信，是不是因为这个充满了爱心的妈妈知道男孩病得更重的消息了，也许已经奄奄一息了。假如他不是被那神秘的静谧感占据了整个身心的话，现在他也许会比任何时候都更悲惨。然后那股平静带来的一种勇气和希望，使他不再老是想着最坏的结果，而是努力相信更好的事情。

"也许，她觉得我回来对科林有好处，也许我可以控制他的情绪。"他想，"在去米瑟韦斯特的路上我要去看她。"

然而，等他穿过旷野，把马车停在农舍前时，却只看见七八个正在玩耍的孩子。他们聚到一起，很有礼貌地行了个屈膝礼。他们告诉他，妈妈一大早就去了旷野的另一头，去给一个刚刚生了宝宝的女人帮忙去了。"我们家迪肯，"他们主动说，"去了庄园，在那里的花园干活呢，他每周都要去几天。"

克莱文先生看着眼前的这群孩子，一个个都长着结实的身躯和圆圆的红脸蛋，都朝他微笑着，但却笑得各不相同。他忽然觉得，他们是多么健康啊！他也微笑着，从口袋里拿出一个金币，递给最大的"我们家伊丽莎白·埃伦"。

"你可以把这个分成八份，那你们每个人就有半个银币了。"他说。

在一片笑声和再见声中，他坐车离开了，身后的孩子欣喜若狂，一个个你推我，我推你，蹦蹦跳跳，高兴极了。

驱车行驶在美丽的旷野，这真是件令人心旷神怡的事情。不知为什么，他有一种回家的感觉，曾经，他一度以为自己再也不会有这种感觉了。天和地都是那么美丽，远处盛开着紫色的花朵，他离那所老房子越来越近了，那座房子已经有六百年的历史了，代代相传直到现在。上次，他迫不及待地匆匆离去，害怕想起那些上了锁的房间，也不想看见男孩躺在挂着锦缎的四柱床上。有没有可能，那个孩子已经好转些了？也许他就不会再那么害怕看见他了。那个梦如此真实，从梦里传出的声音如在耳边，悦耳动听："在花园里——在花园里！"

"我要去找钥匙，"他说，"我要去把门打开。我必须这样做，虽然我不知道为什么。"

当他抵达庄园，仆人像以前一样出来迎接。他们发现，主人看起来好多了，他没有像往常一样，住在那个由皮切尔照看的偏远的房间。他去了书房，还派人请麦德洛克太太过来。她来到他这儿，显得有些激动，还有点好奇和惊慌。

"科林少爷怎么样了，麦德洛克？"他询问道。

"嗯，先生，"麦德洛克太太回答，"他……他变了，这么说吧。"

"加重了？"他试着问。

麦德洛克太太的脸涨得通红。

"嗯，你瞧，先生，"她试图解释，"克莱文医生、护士、还有我，我们都没法弄明白他。"

"为什么会这样？"

"说实话，先生，科林少爷可能是好转也可能是恶化。他的胃口，先生，简直难以理解……他的性子……"

"他是不是变得更加——更加古怪了？"她的主人问，眉头紧张地打着结。

"正是如此，先生。他变得非常古怪，如果你把他和过去相比的话。他过去什么都不吃，然后突然之间就开始吃得非常多，然后又突然停止，饭菜像过去一样被送回来。您也许不知道，先生，他以前从来不肯让我推他到户外去。我们曾经尝试着用轮椅把他推到外面去，结果他好像一片树叶一样，浑身颤抖。他发起脾气来，就连克莱文医生也不敢逼迫他，他说自己可承担不起这个责任。嗯，先生，可是后来，事先毫无兆头地，他发了一场最厉害的脾气，没过多久，他突然每天都要出去了，和玛丽小姐，还有苏珊·索尔比的儿子迪肯，他负责推他的轮椅。他迷上了玛丽小姐和迪肯两个，迪肯带来了他驯服的动物，还有，先生，信不信由你，他一出去，就从早待到晚，一整天。”

“他看起来怎么样？”克莱文先生接着问。

“要是他饮食正常，先生，您会以为他在长肉，可是，我们害怕他不过是浮肿。他和玛丽小姐单独在一起，有时候会奇怪地大笑，他过去从来不笑。克莱文医生马上就来见您，要是您允许的话。他这辈子从来没有这么困惑过。”

“科林少爷现在在哪里？”克莱文先生问。

“在花园里，先生。他总在花园里，连个影子都不准靠近，因为他怕人看着他。”

克莱文先生几乎没有听到她最后的话。

“在花园里，”他说，等他遣走麦德洛克太太，他站着一遍又一遍重复那句话，“在花园里！”

他好不容易才回过神来，清醒了一些之后，转身就走出了房间。像玛丽一样，他穿过灌木丛里的门，来到月桂和喷泉花床之间。喷泉还在喷着水，周围环绕着秋季正在盛开的花朵。他穿过草地，走到爬满常春藤的墙边的那条小路。他走得不快，甚至有点慢，眼睛一直盯着路面。不知道为什么，他觉得自己仿佛正在被拉回他久久寻觅的地方。随着他越走越近，他的脚步也越来越慢。尽管常春藤厚厚地挂在墙上，他仍然知道门在何处，但是，他却不知道它在哪里——那把被埋起来的钥匙。

于是，他停下了脚步，站着不动，几乎在他停下来的那一刻，他听见了什么，惊呆了，好像自己是在梦里一样。

浓密的常春藤遮住了门，钥匙埋在灌木丛下，十年来静静地躺在那里。没有人曾经穿过那道门，然而，从花园传出了声音。是奔跑的脚步声，好似有人在树下绕着圈追赶，还有奇怪的压低了声音的叫声，听起来好像是小孩子的声音。他们尽力不让人听到，可是，没过一会，他们还是忍不住大笑起来。天知道他们究竟在做什么样的梦。他到底听见了什么啊？难道他疯了，所以才听见了这种似有若无的声音？难道这就是那个遥远而又清晰的声音想说的话吗？

这个时刻终于还是来了，花园里的声音再也压抑不住了。脚步越跑越快，他们正朝花园门口来，有一个急速、有力、年轻的呼吸声，一阵奔放的笑声无法自抑地爆发。突然，墙上的门被推开了，常春藤也跟着晃荡起来，一个男孩奋力冲出来。他们看见门外的这个人，几乎冲进了他的怀里。

克莱文先生刚刚来得及伸出双臂，免得那个男孩因为瞎头瞎脑撞上了他而跌倒。然而，当他抱起那个孩子，惊讶地发现他就是科林的时候，差点喘不出气来。

眼前的这个男孩身材高大，英姿勃发，奔跑使他的脸颊容光焕发。他把浓密的头发从前额甩上去，抬起一双独特的灰眼睛，眼睛里充满了孩子气的欢笑，黑睫毛像流苏一样，装饰着一双大眼睛。就是这双眼睛让克莱文医生停止了呼吸。“谁——什么？谁？”他结结巴巴地问道。

这和科林计划的完全不一样。他从未想到会和爸爸这样相逢。不过，冲刺出去，赢得一场比赛也许是更好的方式，于是他挺直了身子。玛丽刚刚和他一起跑，也冲出了门，她觉得科林现在看起来最高了——要比平时高上好几英寸。

“爸爸，”他说，“我是科林。您没法相信吧。我自己都几乎没法相信。我是科林。”

他的爸爸却脱口而出：“在花园里！在花园里！”

和麦德洛克太太一样，科林也不明白是怎么回事。

“对，”科林急忙说，“是花园的作用，还有玛丽、迪肯、一切有生命的东西，还有魔法。没有人知道。我们一直等着，等你回来好告诉你。我好了，我跑步能赛过玛丽。我要当一个运动员。”

他说话的样子完全像一个健康的孩子，他的脸红扑扑的，一脸的急切。克莱文先生的灵魂在难以置信的欢乐之下颤抖起来。

科林伸出他的手放在父亲的胳膊上。

“你难道不高兴吗，爸爸？”他急切地说，“你难道不高兴吗？我要活着，永远、永远地活着！”

克莱文先生把双手放在男孩的肩上，握着他一动不动。他知道，这一刻，他甚至不敢说话。

“带我去花园，我的孩子，”他终于说，“把一切都告诉我。”

于是他们领他进去。

这个地方是秋色狂欢的汪洋，金色、紫色、紫蓝和火焰一样的红色，每一侧都有一丛丛的百合站在一起，白色的百合，还有白色和深红相间的百合。他记得很清楚，第一丛是什么时候种下的，一年里的这个季节，它们姗姗来迟，开始绽放属于自己的光彩。玫瑰到处攀援，垂落到地上，聚成了一片。阳光把正在变黄的树木染得更深，好像这是金色的庙宇。克莱文先生静静地站着，就像孩子们初来时一样。他望着四周。

"我原以为它已经死了。"他说。

"玛丽开始也这样以为的，"科林说，"可是，它活了过来。"

然后，他们全部坐在树下——除了科林，他想站着讲故事。

这是他听到过的最奇怪的事，克莱文心想。男孩以自己的方式，滔滔不绝地讲起来。神秘的魔法，野生的小动物，古怪的半夜相逢，春天的到来，小王子站了起来，和本针锋相对，奇特的伙伴，玩游戏，小心保护的大秘密，这些事情听得克莱文先生哈哈大笑，眼泪都笑出来了。这位运动员、演讲家、科学探索家多么年轻、多么可爱、多么健康啊！

"现在，"他在故事末尾说，"我们不用再保守秘密了。我敢说，要是他们看到我，一定会吓晕的。但是，我再也不会坐轮椅了，我要和你一起走回去，爸爸，去房子里。"

本忠于职守，很少离开菜园，不过，这次他编了个借口，送点蔬菜到厨房去。麦德洛克太太邀请他到佣人房里喝上一杯啤酒，所以，他亲眼目睹了这一切——这可是米瑟韦斯特庄园几十年来最富有戏剧性的一刻。有一扇窗户朝园子开着，刚好能看到草坪。麦德洛克太太知道本是从花园里来的，希望他没准儿瞅见了主人，甚至碰巧看到了科林少爷。

"你看到他们了吗，本？"她问。

本把啤酒杯从嘴边拿开，用手背抹了抹嘴唇。

"嗯，我看到了。"他回答道，装出一副意味深长的样子。

"两个都看到了？"麦德洛克太太试探地问道。

"两个都看到了。"本说，"多谢你，夫人，我想再喝一杯。"

"他们在一起吗？"麦德洛克太太说，赶忙兴奋地满上他的啤酒杯子。

不知道为什么，

他觉得自己仿佛正在被拉回他久久寻觅的地方。

“嗯，夫人。”本一口喝掉了半杯。

“科林少爷在哪里？他看起来怎么样？他们都说了什么？”

“我没听见，”本说，“再说我只是在梯子上从墙头看的。不过我可以告诉你，外面正在发生大事，你们在房子里，所以什么都不知道。不过，你马上就能知道了。”

很快，他把最后一点啤酒喝得一干二净，然后一本正经地晃了晃杯子，朝窗户外的草坪指去。

“瞧那儿，”他说，“要是你好奇想看看的话，瞧瞧是谁穿过草地走来了？”

麦德洛克太太往外看去，突然双手甩得高高的，尖叫了一声，仆人们听到了，马上穿过佣人房，站着往窗外看，眼珠子都快要掉出来了。

米瑟韦斯特庄园的主人，正从草地上走过来，他看上去与以往任何时候都不一样。在他的旁边，是高昂着头、满脸笑容、走得跟约克郡任何一个男孩一样有劲儿、一样稳当的小主人——科林！